夕焼けの百合子

崎上 玲子

郁朋社

もくじ

お転婆百合子《てんばゆりこ》　3
道子《みちこ》ちゃんとハムちゃん　9
新《あたら》しい出会《であ》い　20
百合子《ゆりこ》　大島《おおしま》へ行《い》く　31
お守《まも》り　39
道子《みちこ》ちゃんの苦《くる》しみ　44
三組《くみ》　ピンチ！　66

ユリの刺繍《ししゅう》のワンピース　80
夕焼《ゆうや》けの中《なか》で　94
校長室《こうちょうしつ》　105
春《はる》のお別《わか》れ　123
あとがき　133

お転婆百合子《てんばゆりこ》

百合子《ゆりこ》が思《おも》い出《だ》す一番最初《いちばんさいしょ》の記憶《きおく》と言《い》えば、暗《くら》い穴《あな》の中《なか》で泣《な》いている自分《じぶん》の姿《すがた》である。ずっと泣《な》いているのに誰《だれ》も助《たす》けにきてくれないで、怖《こわ》くて痛《いた》くて声《こえ》を出《だ》して泣《な》いていたのだ。どれくらいその穴《あな》の中《なか》にいたのかは覚《おぼ》えてないが、泣《な》きながら「ママ～！」と声《こえ》を出《だ》していたことは、何《なん》となく記憶《きおく》に残《のこ》っている。そして、見上《みあ》げると母親《ははおや》が半分笑顔《はんぶんえがお》、半分泣《はんぶんな》き顔《がお》で抱《だ》き上《あ》げて穴《あな》から出《だ》してくれた。

少《すこ》し大《おお》きくなった頃《ころ》、あの時百合子《ときゆりこ》は二歳半《さいはん》で、二《ふた》つ上《うえ》の兄《あに》の後《うし》ろをついていって、工事現場《こうじげんば》の穴《あな》に落《お》ちてしまったと母《はは》から聞《き》いた。そのことにまったく気《き》がつかない兄《あに》が家《いえ》に帰《かえ》り、百合子《ゆりこ》がいないことで大騒《おおさわ》ぎになり、隣近所総出《となりきんじょそうで》で探《さが》し回《まわ》っていたそうだ。

まだ昭和《しょうわ》四十年代、日本人《にほんじん》の多《おお》くが庶民《しょみん》の暮《く》らしをささやかに営《いとな》んでいた頃《ころ》の話《はなし》である。百合子《ゆりこ》は兄《あに》の博樹《ひろき》と、公務員《こうむいん》の父《ちち》と専業主婦《せんぎょうしゅふ》の母《はは》と、家族《かぞく》四人《にん》暮《ぐ》らしであった。何《なん》でも手作《てづく》りが良《よ》しとされていた時代《じだい》で、百合子《ゆりこ》の母《はは》も主婦《しゅふ》と言《い》えども一日中家事《にちじゅうかじ》と子育《こそだ》てに追《お》われ、自分《じぶん》の時間《じかん》などないに等《ひと》しかった。

百合子《ゆりこ》は子《こ》どもも好《ず》きな父《ちち》と母《はは》の愛情《あいじょう》をたっぷり受《う》けて、決《けっ》して豊《ゆた》かではなかったが、何不自由《なにふじゆう》なく、のびのびと育《そだ》った。家《いえ》の中《なか》にじっとしているタイプではなく、常《つね》に身体《からだ》を動《うご》かし、走《はし》り回《まわ》っている活発《かっぱつ》な女《おんな》の子《こ》であった。穴《あな》に落《お》ちたことも、兄《あに》が近所《きんじょ》の子《こ》どもたちと「わぁーっ！」と走《はし》って出《で》かける様子《ようす》を見《み》て、思《おも》わず母親《ははおや》が目《め》を離《はな》したすきに駆《か》け出《だ》し、ついていってしまったのだ。

百合子《ゆりこ》は、物心《ものごころ》つくまでに相当怪我《そうとうけが》もし、傷《きず》だらけになり、母親《ははおや》をずいぶん心《しん》配《ぱい》させた。興味《きょうみ》があるものを我慢《がまん》できない女《おんな》の子《こ》だった。だから、失敗《しっぱい》の数《かず》も同年代《どうねんだい》の女《おんな》の子《こ》に比《くら》べるとはるかに多《おお》かった。

普段《ふだん》からまったく人見知《ひとみし》りをしない百合子《ゆりこ》は、幼《おさな》い頃《ころ》から、誰《だれ》にでも声《こえ》をかけ、両親《りょうしん》をハラハラさせた。工事《こうじ》をしているおじさんにも、お店《みせ》の店員《てんいん》さんにも「こんにちは！」とか、「何《なに》してるの？」とか明《あか》るく挨拶《あいさつ》をしては、周《まわ》りの温《あたた》かな笑《わら》いを誘《さそ》った。いつの間《ま》にか知《し》らないお兄《にい》さんの膝《ひざ》の上《うえ》にちゃっかり乗《の》ってお喋《しゃべ》りしていることもあった。

「いつか、悪《わる》い人《ひと》に連《つ》れていかれちゃうぞ。」と父親《ちちおや》は、真剣《しんけん》に心配《しんぱい》していた。逃《に》げ足《あし》も早《はや》く、百合子《ゆりこ》を連《つ》れて外出《がいしゅつ》すると母親《ははおや》は、兄《あに》を連《つ》れて出《で》かける時《とき》の数《すう》倍《ばい》の労力《ろうりょく》を使《つか》い、気疲《きづか》れでくたくたになってしまうありさまだった。

そんなふうに育《そだ》った百合子《ゆりこ》は、幼稚園《ようちえん》に行《い》くと遊《あそ》びの時間《じかん》には、いつも誰《だれ》よりも活動的《かつどうてき》に行動《こうどう》して、自然《しぜん》とリーダーシップを発揮《はっき》した。男《おとこ》の子《こ》も百合子《ゆりこ》の運動能力《うんどうのうりょく》や足《あし》の速《はや》さに敵《かな》わなかった。それで、外《そと》で遊《あそ》びたい子《こ》どもたちはいつも百合子《ゆりこ》の後《あと》をついていく形《かたち》になっていた。そのさばさばした性格《せいかく》や、何《なん》でも一生懸命《いっしょうけんめい》やり、仲間《なかま》には公平《こうへい》に接《せっ》する百合子《ゆりこ》の周《まわ》りには自然《しぜん》と子《こ》どもたちが集《あつ》まった。興味《きょうみ》ある物《もの》には平気《へいき》で真《ま》っ先《さき》に試《ため》したり、触《さわ》ったりできる怖《こわ》いもの知《し》らずのところも、子《こ》どもたちには魅力的《みりょくてき》だった。

百合子《ゆりこ》が幼稚園《ようちえん》の年長《ねんちょう》だった時《とき》、母親《ははおや》が体調《たいちょう》を崩《くず》して入院《にゅういん》した。重《おも》い病《やまい》ではなかったが、当時《とうじ》は付《つ》き添《そ》いも必要《ひつよう》だったから、百合子《ゆりこ》は母親《ははおや》が落《お》ち着《つ》くまで祖母《そぼ》の家《いえ》に預《あず》けられた。産《う》まれてから一度《ど》も母親《ははおや》から離《はな》れて暮《く》らしたことがなかった百合子《ゆりこ》には、かなり寂《さび》しく心細《こころぼそ》い出来事《できごと》として、記憶《きおく》に刻《きざ》まれた。初《はじ》めて自分《じぶん》の思《おも》い通《どお》りにはいかないこともあると知《し》らされた出来事《できごと》だった。

祖母《そぼ》の家《いえ》には、真《ま》っ白《しろ》な猫《ねこ》がいて、それまで動物《どうぶつ》は好《す》きだったが、飼《か》ったことはなかったので、その『リリ』という猫《ねこ》に、百合子《ゆりこ》はかなり心《こころ》を奪《うば》われた。母《はは》と離《はな》れて暮《く》らす一週間《いっしゅうかん》、起《お》きている時《とき》はずっとリリを追《お》い回《まわ》す毎日《まいにち》だった。大人《おとな》しい猫《ねこ》ではあったが、あまりのしつこさにタンスの上《うえ》や百合子《ゆりこ》の届《とど》かない高《たか》い所《ところ》に登《のぼ》り、リリは難《なん》を逃《のが》れていた。

「おばあちゃん。」と百合子《ゆりこ》は泣《な》きながら、

「リリを降《お》ろして。」と頼《たの》んだが、祖母《そぼ》は笑《わら》いながら、

「百合子《ゆりこ》が泣《な》き止《や》めば、降《お》りてくるよ。」

と取《と》りあわなかった。実際《じっさい》静《しず》かに一人《ひとり》で絵本《えほん》などを読《よ》んでいる時《とき》は、隣《となり》にちょこんとリリは座《すわ》ってくれた。そして、「リリ」と呼《よ》ぶと「ニャン」と答《こた》えてくれて、何《なん》と百合子《ゆりこ》の膝《ひざ》の上《うえ》に乗《の》ってくれた。百合子《ゆりこ》は、その可愛《かわい》らしさと暖《あたた》かさで、抱《だ》きしめたくなるように嬉《うれ》しかったが、また高《たか》い所《ところ》に逃《に》げてしまうのではないかと思《おも》い、じっと我慢《がまん》した。すると、リリは安心《あんしん》したかのように、

百合子《ゆりこ》の膝《ひざ》の上《うえ》で、まあるくなって寝入《ねい》ってしまった。百合子《ゆりこ》は優《やさ》しくリリの背中《せなか》を撫《な》でてあげた。

母《はは》の入院中《にゅういんちゅう》、百合子《ゆりこ》にとって唯一《ゆいいつ》の心《こころ》の拠《よ》り所《どころ》は、リリと過《す》ごせたことだった。その後《ご》数匹《すうひき》の猫《ねこ》や犬《いぬ》との出会《であ》いがあったが、百合子《ゆりこ》にはリリが一番《ばん》だった。

退院《たいいん》してからの母《はは》は、以前《いぜん》と違《ちが》って、よく熱《ねつ》を出《だ》したり、ちょっとしたことで、寝込《ねこ》むことがあったが、そんな時《とき》は母《はは》の入院中《にゅういんちゅう》の寂《さび》しさを思《おも》い出《だ》し、百合《ゆり》子《こ》は我慢《がまん》することを覚《おぼ》えた。

幼稚園《ようちえん》では、お弁当《べんとう》が必要《ひつよう》だったが、起《お》きられない母《はは》を心配《しんぱい》して、父親《ちちおや》にお金《かね》を貰《もら》い、近《ちか》くのパン屋《や》でお気《き》に入《い》りのパンを買《か》ってから、幼稚園《ようちえん》バスの所《ところ》まで一人《ひとり》で行《い》った。今《いま》なら幼児《ようじ》が一人《ひとり》で朝《あさ》からパンを買《か》い、バスの所《ところ》まで大人《おとな》が付《つ》き添《そ》わずに行《い》くことはないだろうが、当時《とうじ》はそんな子《こ》どももいたのだ。父親《ちちおや》も妻《つま》の看病《かんびょう》と仕事《しごと》で手《て》一杯《いっぱい》だった。二《ふた》つ違《ちが》いの兄《あに》は小学生《しょうがくせい》で、昼《ひる》は給食《きゅうしょく》を食《た》べられたのだった。

百合子《ゆりこ》の幼稚園時代《ようちえんじだい》は、思《おも》い出《だ》すたびに鼻水《はなみず》をすり上《あ》げるような寂《さび》しさや切《せつ》なさが伴《ともな》った。もちろん母《はは》の不調《ふちょう》は毎日《まいにち》ではなかったので、そんな時《とき》は目《め》一杯《いっぱい》元気《げんき》に振《ふ》る舞《ま》い、なるべく母《はは》を心配《しんぱい》させないように気《き》を付《つ》けた。

道子《みちこ》ちゃんとハムちゃん

そうこうしているうちに、百合子《ゆりこ》は小学校《しょうがっこう》に上《あ》がった。幼稚園《ようちえん》の友達《ともだち》もいたが、まったく知《し》らない子《こ》どもの方《ほう》が圧倒的《あっとうてき》に多《おお》かった。担任《たんにん》の先生《せんせい》はベテランの優《やさ》しい女《おんな》の先生《せんせい》で、中田先生《なかたせんせい》と言《い》った。小学校《しょうがっこう》に入《はい》るまでに一通《ひととお》りのひらがなは読《よ》めるようになっていた百合子《ゆりこ》は、初《はじ》めて受《う》ける国語《こくご》や算数《さんすう》の授業《じゅぎょう》が本当《ほんとう》に楽《たの》しく、中田先生《なかたせんせい》が教《おし》えてくれる勉強《べんきょう》が大好《だいす》きになった。授業中《じゅぎょうちゅう》はもちろん、家《いえ》に帰《かえ》ってからも遊《あそ》びとおさらいをうまく両立《りょうりつ》させていた。何《なに》より今《いま》まで遊《あそ》びの世界《せかい》では自然《しぜん》と中心《ちゅうしん》になっていたので、勉強《べんきょう》でもみんなに負《ま》けたくなかったのだ。

じっと座《すわ》って描《か》かなければならない絵以外《えいがい》は、誰《だれ》にも負《ま》けないくらい何《なん》でもできるようになった。中田先生《なかたせんせい》もそんな百合子《ゆりこ》を、

「佐藤《さとう》さん、うまくできたわね！」

「よく頑張《がんば》ったね！」

と、上手《じょうず》に褒《ほ》めてくれたので、学校《がっこう》でものびのびと振《ふ》る舞《ま》うことができた。

百合子《ゆりこ》は、先生《せんせい》を喜《よろこ》ばせたくて、率先《そっせん》してお手伝《てつだ》いを引《ひ》き受《う》け、幼稚園時代《ようちえんじだい》と

同《おな》じように友達《ともだち》もたくさんいて、何一《なにひと》つつまずくことのない小学校時代《しょうがっこうじだい》を過《す》ごしていた。

そんな百合子《ゆりこ》が初《はじ》めて大怪我《おおけが》をしたのは、一年生《ねんせい》の冬《ふゆ》だった。朝《あさ》からどんより曇《くも》った空《そら》から今《いま》にも雪《ゆき》が降《ふ》りそうな寒《さむ》い日《ひ》だった。たまたまその日《ひ》、百合子《ゆりこ》は一人《ひとり》で帰《かえ》っていた。母《はは》が作《つく》ってくれた黄色《きいろ》いコートを着《き》て、赤《あか》いランドセルを背負《せお》った小学校低学年《しょうがっこうていがくねん》の女《おんな》の子《こ》は、かなり目立《めだ》つ存在《そんざい》だった。当時《とうじ》は地域《ちいき》の人《ひと》たちみんなで子《こ》どもたちを見守《みまも》るという雰囲気《ふんいき》に包《つつ》まれていたので、寄《よ》り道《みち》こそしてはいなかったが、お店《みせ》の人《ひと》や通《とお》りがかった人《ひと》たちが、真《ま》っ直《す》ぐに歩《ある》かずに、あっちにふらふら、こっちにふらふらしている百合子《ゆりこ》に、

「危《あぶ》ないよ。」

「ちゃんと前《まえ》を見《み》なさいよ。」

などと声《こえ》をかけていた。百合子《ゆりこ》は一人気《ひとりき》ままに、虫《むし》や花《はな》の様子《ようす》を見《み》に行《い》った

り、空《そら》を見上《みあ》げたり、のんびり帰《かえ》り道《みち》を歩《ある》いていた。歩《ある》きながら厚《あつ》い雲《くも》におおわれた空《そら》を見上《みあ》げ、

（雪降《ゆきふ》るかなぁ？）（降《ふ》ってほしいなぁ！）

と思《おも》った瞬間《しゅんかん》、おでこに激痛《げきつう》が走《はし》った。前《まえ》をよく見《み》ずに歩《ある》いていた百合子《ゆりこ》は、ブロック塀《べい》の角《かど》に思《おも》い切《き》りおでこをぶつけ、運悪《うんわる》くおでこは、ざくりと切《き》れてしまった。

「いたぁい！」

右手《みぎて》で切《き》った辺《あた》りを触《さわ》ると、手《て》が赤《あか》く染《そ》まり、血《ち》がぽたぽた落《お》ちてきて、あっという間《ま》にお気《き》に入《い》りの母手作《ははてづく》りのコートに付《つ》いてしまった。痛《いた》みよりコートが汚《よご》れてしまうのが嫌《いや》で、涙《なみだ》が出《で》てきた。たまたま通《とお》りかかった近所《きんじょ》に住《す》むおばさんが、

「百合子《ゆりこ》ちゃん！」

とびっくりして駆《か》け寄《よ》った。

「大丈夫《だいじょうぶ》？　痛《いた》いよね！　もう平気《へいき》だから、お家《うち》に帰《かえ》ろう！　おばさんが連《つ》れていってあげるから。」

その時《とき》には、流血《りゅうけつ》した百合子《ゆりこ》は顔《かお》や手《て》やコートがかなりの血《ち》に染《そ》まり、見《み》た人《ひと》はぎょっとして立《た》ち止《ど》まるほどだった。歩《ある》いて十分《じゅっぷん》ほどの距離《きょり》だったが、かなりの長《なが》さに感《かん》じた。一人《ひとり》だったら、家《いえ》までたどり着《ち》けなかったかもしれないと百合子《ゆりこ》は思《おも》った。幸《さいわ》い流血《りゅうけつ》の割《わり》に痛《いた》みは強《つよ》くなかった。家《いえ》に着《つ》くと、母《はは》は驚《おどろ》いて真《ま》っ青《さお》になり、百合子《ゆりこ》を抱《だ》き締《し》めた。すぐにタクシーで病院《びょういん》に行《い》き、百合《ゆり》子《こ》はおでこの傷《きず》を三センチも縫《ぬ》うことになった。母《はは》は女《おんな》の子《こ》が顔《かお》に傷《きず》を作《つく》って……とずっとショックを受《う》けていた。麻酔《ますい》をかけていたので、縫《ぬ》う時《とき》も痛《いた》くはなかったが、母《はは》があまりにも動揺《どうよう》しているのと、真《ま》っ赤《か》に汚《よご》れたコートを見《み》るのが悲《かな》しくて時々《ときどき》百合子《ゆりこ》はすすり上《あ》げた。

帰《かえ》りのバスの中《なか》では、麻酔《ますい》が切《き》れて、頭《あたま》がずきずきと痛《いた》くて、百合子《ゆりこ》は疲《つか》れきっていた。

「ゆりちゃん、痛《いた》いよね？」

「大丈夫《だいじょうぶ》？」

と母《はは》は何度《なんど》も聞《き》いて、そっと髪《かみ》を撫《な》でてくれた。

抜糸《ばっし》するまで、体育《たいいく》も見学《けんがく》した。いつもは元気一杯《げんきいっぱい》の百合子《ゆりこ》が、痛々《いたいた》しく包帯《ほうたい》を頭《あたま》に巻《ま》いて、普通《ふつう》の女《おんな》の子《こ》のように大人《おとな》しくしている姿《すがた》に、周《まわ》りの男子《だんし》たちは、腫《は》れ物《もの》にさわるように接《せっ》し、百合子《ゆりこ》も戸惑《とまど》った。外《そと》に遊《あそ》びにも行《い》けなかった数日間《すうじつかん》、教室《きょうしつ》にいるとお絵描《えか》きやお喋《しゃべ》りや手遊《てあそ》びをすることになり、そういう女子《じょし》のグループと仲良《なかよ》くなった。その中《なか》に道子《みちこ》ちゃんという女《おんな》の子《こ》がいた。

百合子《ゆりこ》の怪我《けが》も治《なお》り、傷《きず》は残《のこ》ったが前髪《まえがみ》でうまく隠《かく》すことができた。百合子《ゆりこ》はすっかり元気《げんき》になって、また元《もと》のように休《やす》み時間《じかん》には校庭《こうてい》で男《おとこ》の子《こ》たちと夢中《むちゅう》でドッジボールをした。

二年生《ねんせい》になったある時《とき》、クラスでハムスターを飼《か》うことになり、百合子《ゆりこ》は飼《し》育係《いくがかり》に名乗《なの》りを上《あ》げた。怪我《けが》の時《とき》に仲良《なかよ》くなった道子《みちこ》ちゃんと二人《ふたり》で、毎日一《まいにちいっ》生懸命世話《しょうけんめいせわ》をした。リリまでとはいかなかったが、ハムスターはとても可愛《かわい》らしく、毎日学校《まいにちがっこう》へ行《い》くのがさらに楽《たの》しみになった。家《いえ》でもハムスターの話《はなし》をしない日《ひ》はなかった。ありきたりだが、名前《なまえ》を『ハムちゃん』とつけ、みんなで本当《ほんとう》に可愛《かわい》がった。

その日《ひ》は、母親《ははおや》が朝《あさ》から体調《たいちょう》を崩《くず》していたので、百合子《ゆりこ》は道子《みちこ》ちゃんに世話《せわ》を頼《たの》み、帰《かえ》りの会《かい》が終《お》わると真《ま》っ先《さき》に教室《きょうしつ》を飛《と》び出《だ》した。家《いえ》に帰《かえ》ると母親《ははおや》は思《おも》ったよりも元気《げんき》で、百合子《ゆりこ》はほっとした。でも、無理《むり》をすると次《つぎ》の日《ひ》はもっと悪《わる》くなってしまうので、母親《ははおや》から頼《たの》まれた買《か》い物《もの》や風呂掃除《ふろそうじ》などを手伝《てつだ》った。翌日《よくじつ》は、ハムちゃんが心配《しんぱい》で、いつもより早《はや》く家《いえ》を出《で》た。

「ハムちゃん！」

と、勢《いきお》いよく教室《きょうしつ》のドアを開《あ》けてケージの所《ところ》まで駆《か》け寄《よ》った。中《なか》にハムちゃんの姿《すがた》はなかった。扉《とびら》が開《ひら》いていてハムちゃんは逃《に》げてしまっていた。

「ハムちゃん。」

と何度《なんど》も呼《よ》びながら、教室《きょうしつ》の色々《いろいろ》な所《ところ》や机《つくえ》の中《なか》やハムちゃんが逃《に》げ込《こ》みそうな所《ところ》を探《さが》し回《まわ》った。

「どうしよう！」

いつの間《ま》にか百合子《ゆりこ》はぼろぼろ涙《なみだ》をこぼしながら、必死《ひっし》に隣《となり》の教室《きょうしつ》も探《さが》したが、ハムちゃんを見《み》つけることはできなかった。そのうちにみんなが登校《とうこう》してきて、百合子《ゆりこ》が泣《な》きじゃくっていることで、大騒《おおさわ》ぎになって、誰《だれ》かが中田先生《なかたせんせい》を呼《よ》んできた。

「先生《せんせい》！　ハムちゃんがいなくなっちゃった！」

道子《みちこ》ちゃんもいつの間《ま》にか登校《とうこう》していて、百合子《ゆりこ》の隣《となり》で真《ま》っ青《さお》になり、

「私《わたし》、昨日《きのう》ちゃんとケージの扉《とびら》閉《し》めたよ。」

「餌《えさ》あげて、掃除《そうじ》して、ちゃんと閉めたはずだよ。」

道子《みちこ》ちゃんも泣《な》きじゃくりながら、一生懸命《いっしょうけんめい》訴《うった》えていた。たぶん道子《みちこ》ちゃんは自分《じぶん》のせいだと思《おも》い込《こ》んでいて、こちらを見《み》てくれなかった。中田先生《なかたせんせい》はそんな二人《ふたり》の肩《かた》を抱《だ》きしめ、優《やさ》しく言《い》ってくれた。

「大丈夫《だいじょうぶ》よ。そのうち見《み》つかるわよ。二人《ふたり》とも、泣《な》かないでね。」

そして、二人《ふたり》の泣《な》いている姿《すがた》に何《なに》も言《い》えずにいる他《ほか》の子《こ》どもたちに向《む》かって
「さあ、みんなおはよう。席《せき》に着《つ》きましょう。」

ベテランの先生《せんせい》は、その場《ば》をうまく取《と》りなし、朝《あさ》の会《かい》を始《はじ》めた。

その日《ひ》の午前中《ごぜんちゅう》、ハムちゃんは、最悪《さいあく》の結果《けっか》で見《み》つかった。隣《となり》のクラスの何《なに》も知《し》らない男《おとこ》の子《こ》が、トイレの隅《すみ》にうずくまって弱《よわ》っているハムちゃんを鼠《ねずみ》だと思《おも》い、ちり取《と》りですくい、三階《かい》のトイレの窓《まど》から投《な》げ捨《す》てたらしい。

ハムちゃんは死《し》んでしまった。百合子《ゆりこ》も道子《みちこ》ちゃんもクラス中《じゅう》の女《おんな》の子《こ》たちが大声《おおごえ》で泣《な》きだし、男子《だんし》たちはそんな女子《じょし》の様子《ようす》に何《なに》も言《い》えずに、中田先生《なかたせんせい》の提案《ていあん》でしめやかにお葬式《そうしき》を執《と》り行《おこな》った。

校舎《こうしゃ》の裏側《うらがわ》にハムちゃんを埋《う》め、細長《ほそなが》い板《いた》に『ハムちゃんのお墓《はか》』と書《か》き、短《みじか》い命《いのち》だったハムちゃんの冥福《めいふく》をみんなで祈《いの》った。百合子《ゆりこ》は悲《かな》しくて悲《かな》しくて、一日涙《いちにちなみだ》が止《と》まらずに、大好《だいす》きな給食《きゅうしょく》も食《た》べられずにすっかり落《お》ち込《こ》んでいた。

帰《かえ》り道《みち》、道子《みちこ》ちゃんは百合子《ゆりこ》に寄《よ》り添《そ》うように一緒《いっしょ》に帰《かえ》った。

「ゆりちゃん、ごめんなさい！」

「あたしが最後《さいご》ちゃんと確認《かくにん》しなかったかも。」

「本当《ほんとう》にごめんね！」

そう言《い》うと、道子《みちこ》ちゃんはこらえていた気持《きも》ちが溢《あふ》れだし、わんわん泣《な》き出《だ》した。

百合子《ゆりこ》はちょっとびっくりし、今日《きょう》一日《にち》の悲《かな》しい気持《きも》ちがふっとどこかに行《い》ってしまった。

「道子《みちこ》ちゃん！　泣《な》かないで！　あたしが世話《せわ》頼《たの》んで一緒《いっしょ》にできなかったから。あたしこそごめんね！」

と謝《あやま》り、二人《ふたり》で抱《だ》き合《あ》い、涙《なみだ》を流《なが》した。

二人《ふたり》で一緒《いっしょ》に泣《な》いたら、何《なん》だか少《すこ》し元気《げんき》になった。

「ねえ、毎月《まいつき》十五日《にち》はハムちゃんの命日《めいにち》だから、二人《ふたり》で絶対《ぜったい》にハムちゃんのお墓《はか》にお参《まい》りしない？」

道子《みちこ》ちゃんはそう提案《ていあん》してくれた。百合子《ゆりこ》は何《なん》だか感激《かんげき》した。自分《じぶん》が思《おも》い付《つ》かないアイデアを言《い》ってくれた道子《みちこ》ちゃんが、とても大人《おとな》みたいに思《おも》えた。

「いいよ。すごいね。そんなことを思《おも》い付《つ》いて～。」

そうして、毎月《まいつき》十五日《にち》を特別《とくべつ》な日《ひ》として、二人《ふたり》はお花《はな》を供《そな》え、ハムちゃんのお参《まい》りを欠《か》かさずするようになった。同時《どうじ》に百合子《ゆりこ》にとって、道子《みちこ》ちゃんと過《す》ごす時間《じかん》も特別《とくべつ》なものになり、その時《とき》から道子《みちこ》ちゃんは百合子《ゆりこ》にとって、一番《いちばん》信頼《しんらい》できる友達《ともだち》になった。

新《あたら》しい出会《であ》い

三年生《ねんせい》になって百合子《ゆりこ》は、初《はじ》めてのクラス替《が》えを経験《けいけん》した。担任《たんにん》の先生《せんせい》も代《か》わり、若《わか》い男《おとこ》の先生《せんせい》になった。

残念《ざんねん》なことに、道子《みちこ》ちゃんとは違《ちが》うクラスになり、百合子《ゆりこ》はとてもがっかりした。始業式《しぎょうしき》が終《お》わり、新《あたら》しい教室《きょうしつ》に入《はい》ると、仲《なか》の良《よ》かった子《こ》たちはあまりいないクラスで、みんな緊張《きんちょう》した面持《おもも》ちで席《せき》に着《つ》いていた。何人《なんにん》かは見知《みし》った顔《かお》ぶれだが、直接《ちょくせつ》仲良《なかよ》くしていた訳《わけ》ではなかったので、何《なん》となく声《こえ》もかけづらかった。

そんな居心地《いごこち》の悪《わる》さをもぞもぞ感《かん》じていたら、勢《いきお》いよく戸《と》が開《ひら》かれ、背《せ》の高《たか》いスラッとした若《わか》い男《おとこ》の先生《せんせい》が入《はい》ってきた。百合子《ゆりこ》の新《あたら》しい担任《たんにん》の先生《せんせい》だった。

「みんな進級《しんきゅう》おめでとう！　今日《きょう》から三年生《ねんせい》だ！　仲良《なかよ》くやっていこう！　僕《ぼく》は井上孝司《いのうえこうじ》と言《い》います。よろしく！」

井上先生《いのうえせんせい》は、ハキハキした明《あか》るい声《こえ》で挨拶《あいさつ》をした。顔《かお》もはっきりした目鼻立《めはなだ》ちで、なかなかハンサムだ。やる気《き》と元気《げんき》に溢《あふ》れている。百合子《ゆりこ》も周《まわ》りの子《こ》どもたちも、一瞬《いっしゅん》でこの目《め》の前《まえ》の先生《せんせい》が好《す》きになった。

井上先生《いのうえせんせい》は、学生時代《がくせいじだい》バスケットボールの選手《せんしゅ》で、運動神経《うんどうしんけい》も抜群《ばつぐん》だった。それだけでも男子《だんし》の心《こころ》を掴《つか》んで、あっという間《ま》に人気者《にんきもの》になった。スポーツマンらしく、細《こま》かい所《ところ》にはこだわらず、でも色々熱心《いろいろねっしん》に教《おし》えてくれた。そそっかしいところもあったが、子《こ》どもたちには公平《こうへい》に接《せっ》し、話《はなし》も面白《おもしろ》かった。

特《とく》に、勉強《べんきょう》でも当番活動《とうばんかつどう》でも子《こ》どもたちが頑張《がんば》った時《とき》には、

「よし！　みんなよく頑張《がんば》った！　今日《きょう》は、今《いま》からみんなでドッジボールをやろう！」

と言《い》って、先生《せんせい》が一番夢中《いちばんむちゅう》になり、楽《たの》しんで子《こ》どもたちと遊《あそ》んでくれた。

何《なに》より体《からだ》を動《うご》かすことが大好《だいす》きな百合子《ゆりこ》には、井上先生《いのうえせんせい》が子《こ》どもたちと一緒《いっしょ》にドッジボールをやってくれたり、たまにバスケットボールのシュートを見《み》せ

明るく
元気で
時間割表
月 火 水 木 金 土

てくれたりすることが、楽《たの》しくて嬉《うれ》しかった。先生《せんせい》を喜《よろこ》ばせて、もっともっと一緒《いっしょ》に遊《あそ》びたいと勉強《べんきょう》も係《かかり》の仕事《しごと》も当番《とうばん》も、張《は》り切《き》って何《なん》でも頑張《がんば》った。今《いま》まで社会《しゃかい》や理科《りか》の授業《じゅぎょう》にあまり興味《きょうみ》をもてなかったのだが、井上先生《いのうえせんせい》は面白《おもしろ》いエピソードや新《あたら》しい出来事《できごと》などを盛《も》り込《こ》み、楽《たの》しい授業《じゅぎょう》をしてくれたので、国語《こくご》や算数《さんすう》だけでなく、社会《しゃかい》や理科《りか》にも興味《きょうみ》をもち、百合子《ゆりこ》は熱心《ねっしん》に取《と》り組《く》むようになった。そして、一緒《いっしょ》にスポーツをやるようになってから、女《おんな》の子《こ》の友達《ともだち》も自然《しぜん》に増《ふ》え、百合子《ゆりこ》は学校《がっこう》に行《い》くのが楽《たの》しくて仕方《しかた》がなかった。

井上先生《いのうえせんせい》は、一生懸命頑張《いっしょうけんめいがんば》る子《こ》どもたちをとても上手《じょうず》に褒《ほ》めてくれたので、クラスはまとまり、男子《だんし》も女子《じょし》も仲《なか》の良《よ》いクラスになった。放課後《ほうかご》も先生《せんせい》の許可《きょか》の下《もと》、男女《だんじょ》で遊《あそ》ぶことがあったが、サッカーをやったり、ミニバスケをやったりして日《ひ》が暮《く》れるまで百合子《ゆりこ》たちは、校庭《こうてい》を駆《か》け回《まわ》っていた。まだ習《なら》い事《ごと》や塾《じゅく》に通《かよ》う子《こ》どもたちは少《すく》なくて、けっこうな人数《にんずう》が放課後《ほうかご》の遊《あそ》びにも参加《さんか》していた。

その日《ひ》は、たまたま缶《かん》けりを皆《みな》でやっていた。鬼《おに》を残《のこ》して、バラバラにあちらこちらに隠《かく》れて、缶《かん》をけれるチャンスを狙《ねら》うのだが、百合子《ゆりこ》は見《み》つからないように校舎《こうしゃ》の裏《うら》の倉庫《そうこ》の中《なか》にかなり長《なが》い時間《じかん》隠《かく》れていた。しばらく過《す》ぎて、倉《そう》庫《こ》の中に男子《だんし》の坂本君《さかもとくん》が入《はい》ってきた。そして、百合子《ゆりこ》と同《おな》じ場所《ばしょ》に隠《かく》れようと忍《しの》び込《こ》んできた。坂本君《さかもとくん》は、

「あっ！　佐藤《さとう》！」

「坂本君《さかもとくん》！　しーっ！」

二人《ふたり》はお互《たが》いに苦笑《にがわら》いをしながら、一緒《いっしょ》に並《なら》んで隠《かく》れることになった。

「佐藤《さとう》、いつからここに隠《かく》れてたんだ？」

「さっきから。ここなら絶対見《ぜったいみ》つからないよね？」

「確《たし》かにな。でも、佐藤《さとう》なら足《あし》が速《はや》いから見《み》つかっても逃《に》げればいいじゃん。」

「えー？　無理《むり》だよ～！」

「それにしても、ここけっこういい場所《ばしょ》だなぁ。」

「そうでしょ？　落《お》ち着《つ》くよね？」

などと話《はな》しているうちに、百合子《ゆりこ》は坂本君《さかもとくん》と話《はな》していると楽《たの》しいと思《おも》えるようになった。

「坂本君《さかもとくん》って、サッカーうまいよね！　今度《こんど》教《おし》えて。」

「いいよ。オレ近所《きんじょ》のお兄《にい》さんに教《おし》えてもらってんだ。」

百合子《ゆりこ》と坂本君《さかもとくん》は、この日《ひ》がきっかけで、放課後《ほうかご》サッカーをやるときには、特《とく》に仲良《なかよ》く遊《あそ》ぶようになった。坂本君《さかもとくん》は何《なん》でも器用《きよう》にこなすタイプで、がむしゃらに取《と》り組《く》む百合子《ゆりこ》とは対照的《たいしょうてき》だった。教《おし》え方《かた》もていねいで、百合子《ゆりこ》は坂《さか》本君《もとくん》にサッカーを教《おそ》わり、男子《だんし》に負《ま》けずにシュートを何本《なんぼん》も決《き》めるようになった。

四年生《ねんせい》になり、クラスも先生《せんせい》も変《か》わらずに進級《しんきゅう》した百合子《ゆりこ》たちは、落《お》ち着《つ》いて勉強《べんきょう》をし、楽《たの》しく毎日《まいにち》を過《す》ごしていた。四月《がつ》の学級会《がっきゅうかい》で、井上先生《いのうえせんせい》が、

「みんな、小学校生活《しょうがっこうせいかつ》も後半《こうはん》になったぞ。みんなの下《した》には一年生《ねんせい》から三年生《ねんせい》までの下級生《かきゅうせい》がいる。みんな良《よ》いお兄《にい》さんやお姉《ねえ》さんになって、下級生《かきゅうせい》の見本《みほん》にならないとな！」

百合子《ゆりこ》たちは、お互《たが》いに顔《かお》を見合《みあ》わせて、ちょっと恥《は》ずかしいような誇《ほこ》らしいような気持《きも》ちを感《かん》じていた。

「そこで、このクラスをもっと良《よ》いクラスにするために学級委員《がっきゅういいん》を決《き》めようと思《おも》います。」

『学級委員《がっきゅういいん》！』と聞《き》いて、子《こ》どもたちは、一瞬《いっしゅん》ざわついた。いつもみんなの笑《わら》いを取《と》る鈴木健一《すずきけんいち》が、

「先生《せんせい》、学級委員《がっきゅういいん》って何《なに》するんですか？」

と聞《き》いた。

「学級会《がっきゅうかい》の司会《しかい》をしたり、みんなをまとめたり、注意《ちゅうい》したり、このクラスの中《ちゅう》心《しん》になる委員《いいん》だ。」

「みんなのリーダーになるんですね！」

健一《けんいち》のわかりやすい言《い》い方《かた》に、子《こ》どもたちは、「おぉ～！」と笑顔《えがお》で頷《うなず》いた。

「健一《けんいち》、ありがとう！　みんないいか？」

みんな（わかりました！）と心《こころ》の中《なか》で深《ふか》く頷《うなず》き、井上先生《いのうえせんせい》の顔《かお》を真《ま》っ直《す》ぐに見《み》つめた。

「今《いま》から紙《かみ》を配《くば》るから、このクラスの学級委員《がっきゅういいん》にふさわしい友達《ともだち》の名前《なまえ》を男女《だんじょ》一人《ひとり》ずつ書《か》きなさい。横《よこ》に簡単《かんたん》に理由《りゆう》も書《か》いてくれ。」

と井上先生《いのうえせんせい》は、用紙《ようし》を配《くば》りながらみんなに言《い》った。初《はじ》めての投票《とうひょう》だった。百《ゆ》合子《りこ》はちょっとドキドキした。

女子《じょし》には、いつも落《お》ち着《つ》いていて、勉強《べんきょう》もよくできる渡辺久美子《わたなべくみこ》ちゃんを、男子《だんし》には坂本君《さかもとくん》の名前《なまえ》を書《か》いた。

そして、投票《とうひょう》の結果《けっか》、男子《だんし》は坂本君《さかもとくん》と鈴木君《すずきくん》の決戦投票《けっせんとうひょう》になり、みんな顔《かお》を机《つくえ》に伏《ふ》せて目《め》をつむり、手《て》を挙《あ》げて決《き》めた。男子学級委員《だんしがっきゅういいん》は坂本君《さかもとくん》に決《き》まった。女子《じょし》は何《なん》と圧倒的多数《あっとうてきたすう》で、百合子《ゆりこ》に決《き》まった。百合子《ゆりこ》はびっくりした。当《とう》然渡辺《ぜんわたなべ》さんが選《えら》ばれると思《おも》っていたので、顔《かお》が真《ま》っ赤《か》になった。

「坂本《さかもと》、佐藤《さとう》、二人《ふたり》ともこのクラスのリーダーとして頑張《がんば》ってくれ。」

と先生《せんせい》に言《い》われて坂本君《さかもとくん》と百合子《ゆりこ》はみんなの前《まえ》で改《あらた》まって挨拶《あいさつ》をした。学《がっ》級委員《きゅういいん》は不安《ふあん》だったけれど、坂本君《さかもとくん》と一緒《いっしょ》なら大丈夫《だいじょうぶ》な気《き》がした。

その日夕食《ひゆうしょく》の時《とき》、百合子《ゆりこ》は、

「私《わたし》、学級委員《がっきゅういいん》に選《えら》ばれた！」

と言《い》ってみた。父《ちち》も母《はは》もパッと顔《かお》が明《あか》るくなり、喜《よろこ》んでくれた。

「それはすごいな！　百合子《ゆりこ》はみんなのまとめ役《やく》になったんだな！」

と父《ちち》は、ニコニコして褒《ほ》めてくれた。

「男子《だんし》は坂本君《さかもとくん》なんだよ。いつもサッカー教《おし》えてくれてる。」

「それじゃ、勉強《べんきょう》ももっと頑張《がんば》らないとね。」

と母《はは》は優《やさ》しく微笑《ほほえ》んだ。

四年生《ねんせい》になると、クラブにも入れる。百合子《ゆりこ》は迷《まよ》わずミニバスケットボール部《ぶ》を選《えら》んだが、人気《にんき》がありすぎて抽選《ちゅうせん》になってしまった。そして、残念《ざんねん》ながら外《はず》れてしまった。第《だい》二希《き》望《ぼう》は運動系《うんどうけい》から選《えら》べなかったので読書《どくしょ》クラブにした。するとと隣《となり》のクラスになった道子《みちこ》ちゃんと一緒《いっしょ》だった。初《はじ》めての顔合《かおあ》わせの時《とき》、二人《ふたり》は思《おも》わず駆《か》け寄《よ》って抱《だ》き合《あ》って喜《よろこ》んだ。これで週《しゅう》に一度《ど》は道子《みちこ》ちゃんと一《いっ》緒《しょ》に過《す》ごせて帰《かえ》れる。百合子《ゆりこ》はクラブがとても楽《たの》しみになった。道子《みちこ》ちゃんは、どちらかと言《い》うと外遊《そとあそ》びより室内《しつない》で絵《え》を描《か》いたり、本《ほん》を読《よ》んだりするのが好《す》きな女《おんな》の子《こ》だったので、読書量《どくしょりょう》は百合子《ゆりこ》の何倍《なんばい》もあった。道子《みちこ》ちゃんが勧《すす》めてくれる本《ほん》はどれも面白《おもしろ》くて、百合子《ゆりこ》は次《つぎ》から次《つぎ》へと本《ほん》を読《よ》むようになった。

百合子《ゆりこ》　大島《おおしま》へ行《い》く

四年生《ねんせい》の夏休《やす》み、百合子《ゆりこ》はとても心待《こころま》ちにしていることがあった。いつもは家族《かぞく》で海《うみ》の家《いえ》に行《い》くのが恒例行事《こうれいぎょうじ》だったが、その年《とし》は従姉《いとこ》の大学生《だいがくせい》のお姉《ねえ》さんが実家《じっか》に帰《かえ》るのに便乗《びんじょう》して、百合子《ゆりこ》だけ家族《かぞく》を残《のこ》し、ひと足早《あしはや》く旅行《りょこう》に行《い》くことになっていた。旅行《りょこう》と言《い》ってもお姉《ねえ》さんの実家《じっか》がある大島《おおしま》に船《ふね》で行《い》くという訳《わけ》だ。大島《おおしま》のおばさんは父親《ちちおや》の妹《いもうと》で、大島《おおしま》に嫁《とつ》ぎ、お姉《ねえ》さんはその娘《むすめ》だ。法事《ほうじ》

などがあるたびに、

「ゆりちゃん、大島《おおしま》に遊《あそ》びにおいで。海《うみ》はあるし、山《やま》はあるし、夏休《なつやす》みに来《き》なさいね！」

といつも誘《さそ》われていた。百合子《ゆりこ》も行《い》きたいとずっと思《おも》っていたので、今年《ことし》はいよいよその願《ねが》いが叶《かな》い、夏《なつ》の空《そら》に変《か》わり始《はじ》めた頃《ころ》から、ワクワク胸《むね》を躍《おど》らせていた。六年生《ねんせい》の兄《あに》は学校《がっこう》の宿泊行事《しゅくはくぎょうじ》があり、父《ちち》も八月《がつ》までは休《やす》みが取《と》りづらかったので、百合子《ゆりこ》だけ従姉《いとこ》のお姉《ねえ》さんと早《はや》めに行《い》って、三人《にん》は後《あと》から来《く》ることになっていた。家族以外《かぞくいがい》の人《ひと》と遠出《とおで》をするのも初《はじ》めてだったし、船《ふね》に乗《の》るのも初《はじ》めてだった。

母《はは》がこの旅行《りょこう》のためにひまわりの柄《がら》の可愛《かわい》いワンピースを作《つく》ってくれていた。それを着《き》て、いよいよ百合子《ゆりこ》は夏《なつ》の旅《たび》に出発《しゅっぱつ》した。竹芝桟橋《たけしばさんばし》という所《ところ》までは父《ちち》が送《おく》ってくれて、そこからいよいよ乗船《じょうせん》した。海《うみ》は台風《たいふう》が来《き》ているということで、波《なみ》は少《すこ》し荒《あ》れていたようだった。しかし、百合子《ゆりこ》はワクワク感《かん》が大《おお》きすぎて、波《なみ》の様子《ようす》などは気《き》にしなかった。夜《よる》に出航《しゅっこう》し、明《あ》け方《がた》は大島《おおしま》である。おばさんにも久《ひさ》しぶりに会《あ》えるし、明日《あした》は海《うみ》で泳《およ》ぐこともできる。従姉《いとこ》の優子《ゆうこ》ちゃんは、慣《な》れているので多少《たしょう》の船《ふね》の揺《ゆ》れは平気《へいき》だったが、初《はじ》めて船《ふね》に乗《の》る百《ゆ》合子《りこ》の様子《ようす》を気遣《きづか》ってくれた。

船《ふね》は思《おも》っていた以上《いじょう》に揺《ゆ》れて百合子《ゆりこ》は夜中《よなか》に何度《なんど》も吐《は》くことになってしまった。優子《ゆうこ》ちゃんが優《やさ》しく背中《せなか》をさすってくれたが、気持《きも》ち悪《わる》さはひと晩中《ばんじゅう》続《つづ》き、大島《おおしま》の港《みなと》に着《つ》いた頃《ころ》には、百合子《ゆりこ》は船酔《ふなよ》いで顔《かお》は青白《あおじろ》くげっそりしてしまった。出迎《でむか》えに来《き》てくれたおばさんやおじさんも、そんな百合子《ゆりこ》の姿《すがた》を見《み》て

「ゆりちゃん、可哀想《かわいそう》に。大変《たいへん》だったたねえ。」

と背中《せなか》をさすりながら、なぐさめてくれた。優子《ゆうこ》ちゃんは、家《いえ》に着《つ》くまでどんなに百合子《ゆりこ》を介抱《かいほう》するのが大変《たいへん》だったか久《ひさ》しぶりに会《あ》えた母親《ははおや》に語《かた》った。反《はん》

論《ろん》する元気《げんき》も残《のこ》っていなかった百合子《ゆりこ》は力《ちから》なく笑《わら》うしかなかった。そして、せっかく大島《おおしま》に来《こ》られたのに、その日《ひ》はずっと寝《ね》ていた。夕方《ゆうがた》やっと起《お》きられるようになり、軽《かる》めの夕食《ゆうしょく》を食《た》べると優子《ゆうこ》ちゃんと桟橋《さんばし》まで散歩《さんぽ》に行《い》った。ちょうど夕陽《ゆうひ》が沈《しず》む時間帯《じかんたい》で、海《うみ》と茜色《あかねいろ》に染《そ》まった空《そら》は本当《ほんとう》にきれいで、百合子《ゆりこ》は感動《かんどう》した。東京《とうきょう》では見《み》られない景色《けしき》だった。船酔《ふなよ》いはツラかったが、大島《おおしま》に来《こ》られて良《よ》かったと改《あらた》めて感《かん》じた。夏休《なつやす》みを楽《たの》しもうと思《おも》い切《き》り深呼吸《しんこきゅう》すると自分自身《じぶんじしん》に誓《ちか》った。

翌朝《よくあさ》は天気《てんき》も良《よ》く、気分《きぶん》もすっかり良《よ》くなったので、朝早《あさはや》く起《お》きるとおばさんが夏休《なつやす》みのラジオ体操《たいそう》をやっている近《ちか》くのお寺《てら》の境内《けいだい》まで連《つ》れていってくれた。地元《じもと》の小学生《しょうがくせい》や家族連《かぞくづ》れ、お年寄《としよ》りたちが大勢《おおぜい》来《き》ていて、みんな張《は》り切《き》って体操《たいそう》をやっていた。おばさんの近所《きんじょ》に住《す》んでいる子《こ》どもたちは、東京《とうきょう》から遊《あそ》びに来《き》ている百合子《ゆりこ》を物珍《ものめず》しそうにちらちら見《み》ていたが、体操《たいそう》が終《お》わるとすぐに友達《ともだち》になって、海《うみ》に行《い》く約束《やくそく》をした。その日《ひ》から百合子《ゆりこ》はラジオ体操《たいそう》、宿《しゅく》題《だい》、海《うみ》で泳《およ》ぐ、お昼《ひる》を食《た》べたらお寺《てら》の境内《けいだい》で遊《あそ》ぶか、港《みなと》に近《ちか》い釣《つ》り場《ば》で魚釣《さかなつ》りや岩《いわ》の陰《かげ》に隠《かく》れているヤドカリを探《さが》したり、地元《じもと》の子《こ》どもたちと思《おも》う存分遊《ぞんぶんあそ》び回《まわ》った。元々運動神経《もともとうんどうしんけい》が良《よ》い百合子《ゆりこ》は海《うみ》での泳《およ》ぎもすぐにうまくなり、地元《じもと》の子《こ》どもたちにも負《ま》けないくらいになった。夕方《ゆうがた》はおばさんのお手伝《てつだ》いをしたり、優子《ゆうこ》ちゃんと一緒《いっしょ》に散歩《さんぽ》したり、花火《はなび》をしたり、あっという間《ま》に一週間《いっしゅうかん》が過《す》ぎ、明日《あした》は母《はは》や父《ちち》、兄《あに》がやって来《く》る日《ひ》になっていた。仕事《しごと》もある父《ちち》の都合《つごう》で家族《かぞく》でお世話《せわ》になるのは、三日間《みっかかん》と決《き》められていた。そしたら、百合子《ゆりこ》ももちろん一緒《いっしょ》に東京《とうきょう》に帰《かえ》るのだ。パラダイスのような大島《おおしま》の生活《せいかつ》とも後三日《あとみっか》でお別《わか》れだ。大島《おおしま》での楽《たの》しい日々《ひび》を振《ふ》り返《かえ》ると胸《むね》が締《し》め付《つ》けられたが、仲良《なかよ》くなった島《しま》の子《こ》どもたちとのお別《わか》れもそれ以上《いじょう》に寂《さび》しかった。

翌朝早《よくあさはや》く父《ちち》や母《はは》や兄《あに》が港《みなと》に着《つ》いた。船《ふね》は穏《おだ》やかだったらしく、三人《にん》とも元気《げんき》に島《しま》に降《お》り立《た》った。

「百合子《ゆりこ》！　まあ、ずいぶん焼《や》けたね！　真《ま》っ黒《くろ》だよ〜！」

と母《はは》は、笑《わら》いながら百合子《ゆりこ》の頭《あたま》を撫《な》でてくれた。母《はは》は顔色《かおいろ》も良《よ》く、随分体《ずいぶんたい》調《ちょう》が良《よ》いようだ。一週間《いっしゅうかん》も家族《かぞく》と離《はな》れていたのは、母《はは》の入院以来《にゅういんいらい》だったが、不《ふ》思議《しぎ》とこの一週間《いっしゅうかん》は寂《さび》しさを感《かん》じたことはなかったなと百合子《ゆりこ》は改《あらた》めて思《おも》った。

おばさんは温《あたた》かく美味《おい》しい朝御飯《あさごはん》を作《つく》ってくれていた。

「百合子《ゆりこ》がすっかりお世話《せわ》になりました。その上今日《うえきょう》からは私《わたし》たちまでお世話《せわ》になってしまい、すみません。」

「いいの、いいの。なんもお構《かま》いもできないけど、博樹君《ひろきくん》は背《せ》が高《たか》くなったね！　六年生《ねんせい》かぁ！　後《あと》でゆりちゃんと海《うみ》に行《い》きなさいね！」

兄《あに》は、ぺこりとお辞儀《じぎ》をして、もりもりご飯《はん》を食《た》べ続《つづ》けた。確《たし》かに久《ひさ》しぶりに見《み》る兄《あに》は背《せ》が伸《の》びたような気《き》がした。父《ちち》は、おばさんの旦那《だんな》さんである叔父《おじ》さんにていねいに挨拶《あいさつ》をしていた。

大島《おおしま》でのバカンスは忘《わす》れられない思《おも》い出《で》になった。帰《かえ》るときには、新《あたら》しくできた島《しま》の友達《ともだち》と来年《らいねん》も遊《あそ》ぶ約束《やくそく》をして別《わか》れた。船《ふね》の乗《の》り場《ば》まで見送《みおく》りに来《き》てくれた子《こ》もいた。おばさんもおじさんも優子《ゆうこ》ちゃんも、

「また来年《らいねん》もおいでね！」

と言《い》ってくれて、百合子《ゆりこ》は（絶対《ぜったい》に来《こ》よう！）と心《こころ》の中《なか》で強《つよ》く思《おも》ったが、こんなふうに島《しま》に遊《あそ》びに来《こ》られることは、残念《ざんねん》ながらもうないのだった。海《うみ》と空《そら》と夕焼《ゆうや》けと珍《めずら》しい魚《さかな》、しょっぱい海《うみ》の水《みず》、三原山《みはらやま》まで行《い》ったこと、自分《じぶん》より下《した》に見《み》えた雲《くも》、三原山《みはらやま》に行《い》くバスの中《なか》で見《み》た地層《ちそう》、初《はじ》めての体験《たいけん》が一杯《いっぱい》詰《つ》まった十日間《とおかかん》の旅《たび》だった。

お守《まも》り

秋《あき》になり、学校《がっこう》では運動会《うんどうかい》の練習《れんしゅう》が毎日行《まいにちおこな》われた。井上先生《いのうえせんせい》は昨年赤組《さくねんあかぐみ》が負《ま》けてしまったので、今年《ことし》はかなり気合《きあ》いを入《い》れて子《こ》どもたちにはっぱをかけていた。百合子《ゆりこ》はリレーの選手《せんしゅ》に選《えら》ばれていたので、最近《さいきん》は早起《はやお》きして近所《きんじょ》を走《はし》っていた。四年生《ねんせい》から六年生《ねんせい》までの代表選手《だいひょうせんしゅ》たちがバトンをつなぎ、紅白《こうはく》で争《あらそ》う運動会《うんどうかい》の花形競技《はながたきょうぎ》だからだ。学級委員《がっきゅういいん》としても放課後《ほうかご》スローガン作《づく》りや応《おう》援合戦《えんがっせん》の練習《れんしゅう》などがあり、坂本君《さかもとくん》と一緒《いっしょ》に残《のこ》ることが多《おお》くなった。

「坂本君《さかもとくん》、最近《さいきん》サッカーやってる?」

「学校《がっこう》ではできないけど、家《いえ》の近《ちか》くでは、やってるよ。」

「放課後《ほうかご》も運動会《うんどうかい》の準備《じゅんび》で忙《いそが》しいもんね？」

「今年《ことし》は勝《か》てるかな？」

「クラスみんなで気持《きも》ちを一《ひと》つにできるといいな」

百合子《ゆりこ》は何気《なにげ》なく言《い》ってみた。

翌朝《よくあさ》、坂本君《さかもとくん》は百合子《ゆりこ》を呼《よ》び止《と》めた。

「佐藤《さとう》、昨日《きのう》言《い》ってたことだけど、クラスがまとまるためにできること、考《かんが》えたんだけど。」

百合子《ゆりこ》はびっくりして、坂本君《さかもとくん》の顔《かお》を見《み》つめた。

「みんなが運動会《うんどうかい》の時《とき》にポケットに入《い》れられるお守《まも》りを作《つく》るのはどうかな？」

「えー！　スゴイ！　いいね、その考《かんが》え。」

百合子《ゆりこ》は手《て》を叩《たた》いて賛成《さんせい》した。

「井上先生《いのうえせんせい》に相談《そうだん》してみよう。画用紙《がようし》ももらわないといけないし。」

井上先生《いのうえせんせい》は、二人《ふたり》の提案《ていあん》をすごく褒《ほ》めてくれて、上質《じょうしつ》な画用紙《がようし》を二人《ふたり》に渡《わた》してくれた。放課後《ほうかご》、学級委員《がっきゅういいん》としての準備《じゅんび》やリレーの練習《れんしゅう》などが終《お》わると、百合子《ゆりこ》は坂本君《さかもとくん》とどんなお守《まも》りを作《つく》るか相談《そうだん》し合《あ》った。

「やっぱりイラストと言葉《ことば》を書《か》きたいな！」

「絵《え》は走《はし》ってるところかな？　佐藤《さとう》、絵《え》は得意《とくい》？」

「一番苦手《いちばんにがて》。ゴメン！　私文字《わたしもじ》と色塗《いろぬ》りやるよ。」

「そうか。僕もあんまり得意《とくい》じゃないけど、明日《あした》までに考《かんが》えてくるよ！　言葉《ことば》はどうする？」

「気持《きも》ちを一つに！　とか絶対優勝《ぜったいゆうしょう》！　とか？」

「『みんなで優勝《ゆうしょう》』は？」

「あっいいね、それ！」

「明日《あした》から早速作《さっそくつく》り始《はじ》めよう！」

二人《ふたり》はお守《まも》りをクラスのみんなには内緒《ないしょ》で作り、運動会《うんどうかい》の当日朝配《とうじつあさくば》れるようにしようと計画《けいかく》した。

次《つぎ》の日《ひ》から二人《ふたり》は手作《てづく》りのお守《まも》りをクラス全員《ぜんいん》に渡《わた》せるように、コツコツ作《つく》り始《はじ》めた。坂本君《さかもとくん》は謙遜《けんそん》していたが、イラストを上手《じょうず》に描《か》いてくれて、百合子《ゆりこ》は感心《かんしん》しながら、その絵《え》に色鉛筆《いろえんぴつ》でていねいに色《いろ》をつけ、『みんなで優勝《ゆうしょう》』と文字《もじ》を入《い》れた。時々井上先生《ときどきいのうえせんせい》が様子《ようす》を見《み》に来《き》てくれて、

「さすがうちのクラスの学級委員《がっきゅういいん》だな。これでみんなの気持《きも》ちも一《ひと》つになるな。」

とニコニコしながら言《い》ってくれた。

運動会当日《うんどうかいとうじつ》、朝登校《あさとうこう》したクラス一人一人《ひとりひとり》に百合子《ゆりこ》と坂本君《さかもとくん》は、お守《まも》りを手渡《てわた》した。

「胸《むね》のポケットに入れてね！」

女子《じょし》はみんな感激《かんげき》しながら受《う》け取《と》ってくれたが、男子《だんし》はなぜかみんな恥《は》ずか

しそうに、ぶっきらぼうにもらうのだった。唯一《ゆいいつ》、「おー！　すごい！　さすが学級委員《がっきゅういいん》！」とはしゃぎながら受《う》け取《と》ったのが、このクラスのお笑《わら》い担当《たんとう》の鈴木健一《すずきけんいち》だった。

五十メートル走《そう》や玉入《たまい》れ、綱引《つなひ》き、百合子《ゆりこ》たち赤組《あかぐみ》は、白組《しろぐみ》になかなか追《お》い付《つ》かず、苦戦《くせん》していた。しかし、学年《がくねん》の競技《きょうぎ》でそれぞれの学年《がくねん》が健闘《けんとう》し、接戦《せっせん》になっていた。最後《さいご》に点数《てんすう》の差《さ》が開《ひら》くのは、代表《だいひょう》リレーだ。百合子《ゆりこ》も坂本君《さかもとくん》も選手《せんしゅ》だった。緊張《きんちょう》しながらも、百合子《ゆりこ》は全速力《ぜんそくりょく》で走《はし》り、白組《しろぐみ》の女《おんな》の子《こ》を抜《ぬ》かした。そのお陰《かげ》で、最後《さいご》まで赤組女子《あかぐみじょし》はトップを死守《ししゅ》した。男子《だんし》も赤組《あかぐみ》が圧倒的《あっとうてき》に速《はや》く、ゴールまで先頭《せんとう》を走《はし》り続《つづ》けた。今年《ことし》は赤組《あかぐみ》が優勝《ゆうしょう》した。百合子《ゆりこ》たちは、クラスみんなで思《おも》い切《き》り喜《よろこ》び、井上先生《いのうえせんせい》も嬉《うれ》しそうだった。

「学級委員《がっきゅういいん》、坂本君《さかもとくん》、佐藤《さとう》さん、ありがとう！」

片付《かたづ》けを終《お》えて教室《きょうしつ》に戻《もど》ると、クラスのみんなが二人《ふたり》にお礼《れい》を言《い》った。

「このお守《まも》り、スゴイ！」

「私《わたし》、ずっと持《も》ってる。」

「私《わたし》も！」

みんな手作《てづく》りのお守《まも》りをランドセルに大切《たいせつ》に入《い》れて、運動会《うんどうかい》が終《お》わっても持《も》っていることにした。百合子《ゆりこ》はとても嬉《うれ》しかった。優勝《ゆうしょう》できたことより、みんなの気持《きも》ちが嬉《うれ》しかった。そして、お守《まも》り作《づく》りを考《かんが》えてくれた坂本君《さかもとくん》に心《こころ》から感謝《かんしゃ》した。

道子《みちこ》ちゃんの苦《くる》しみ

クラブがある日《ひ》は、道子《みちこ》ちゃんと帰《かえ》れる日《ひ》だ。その日《ひ》も百合子《ゆりこ》は道子《みちこ》ちゃんに勧《すす》められた本《ほん》を借《か》りてきた。

「ゆりちゃん、今日《きょう》はハムちゃんの月命日《つきめいにち》だから、後《あと》でお墓《はか》へお参《まい》りにいこうね？」

「そうだね。お参《まい》りしようね。」

道子《みちこ》ちゃんは、毎月《まいつき》十五日《にち》には決《き》まって声《こえ》をかけてくれた。十五日《にち》が日曜日《にちようび》なら、その前日《ぜんじつ》の土曜日《どようび》に百合子《ゆりこ》が言《い》い出《だ》す前《まえ》に、ハムちゃんへのお参《まい》りを言《い》い出《だ》すのだった。本当《ほんとう》に道子《みちこ》ちゃんは、よく気《き》がつく女《おんな》の子《こ》だといつも百合子《ゆりこ》は思《おも》っていた。

二人《ふたり》はクラブが終《お》わると、ささやかな花束《はなたば》を作《つく》り、ハムちゃんのお墓《はか》に供《そな》えてお参《まい》りをした。そして、途中《とちゅう》まで方向《ほうこう》が一緒《いっしょ》なので、仲良《なかよ》く並《なら》んで通学路《つうがくろ》を帰《かえ》った。

「道子《みちこ》ちゃんのクラスはどう？　楽《たの》しい？」

「うん？　まあまあかな？」

いつになく道子《みちこ》ちゃんは元気《げんき》がないように思《おも》えたので、明《あか》るく百合子《ゆりこ》は聞《き》いてみた。

「先生《せんせい》は加藤先生《かとうせんせい》だよね？　優《やさ》しい？」

「まあね。でも中田先生《なかたせんせい》が良《よ》かったな！」

と道子《みちこ》ちゃんはボソッと言《い》った。

「うん！　中田先生《なかたせんせい》は、とっても優《やさ》しい先生《せんせい》だよね！」

とハムちゃんが死《し》んでしまった時《とき》の中田先生《なかたせんせい》の温《あたた》かさを思《おも》い出《だ》し、百合子《ゆりこ》はしみじみ言《い》った。

「佐藤《さとう》！」

ふと百合子《ゆりこ》は声《こえ》をかけられ、後《うし》ろを振《ふ》り向《む》いた。坂本君《さかもとくん》がニコニコしながら立《た》っていた。

「坂本君《さかもとくん》！　どうしたの？　お使《つか》い？」

「そう。あれ？　なんでこんなに遅《おそ》いの？」

百合子《ゆりこ》は道子《みちこ》ちゃんと顔《かお》を見合《みあ》わせ、苦笑《にがわら》いしながら答《こた》えた。

「ちょっと用事《ようじ》をしてたから。」

坂本君《さかもとくん》は不思議《ふしぎ》そうな顔《かお》をして、道子《みちこ》ちゃんと百合子《ゆりこ》を見比《みくら》べた。

「じゃあ、気《き》をつけてね！　明日《あした》またね。」

と自転車《じてんしゃ》で追《お》い越《こ》していった。

道子《みちこ》ちゃんは、ちょっと元気《げんき》になり、

「ゆりちゃん、坂本君《さかもとくん》と仲良《なかよ》しだね？」

「えー？　まあ学級委員《がっきゅういいん》も一緒《いっしょ》にやってるし、時々《ときどき》サッカーも教《おそ》わってるから。」

「二人《ふたり》なんかいい感《かん》じだね？」

「やだ～！　全然《ぜんぜん》そんなんじゃないから。」

道子《みちこ》ちゃんはニヤニヤしながら、百合子《ゆりこ》の顔《かお》を見《み》つめた。

「道子《みちこ》ちゃん、ちょっと元気《げんき》になったね？　今日《きょう》なんかあったのかなって思《おも》ってた。」

道子《みちこ》ちゃんは、はっとした。

「大丈夫《だいじょうぶ》？」

百合子《ゆりこ》はもう一度《いちど》聞《き》いてみた。

「大丈夫《だいじょうぶ》だよ。」

道子《みちこ》ちゃんは笑《わら》って答《こた》えた。その横顔《よこがお》がやっぱり寂《さび》しそうに百合子《ゆりこ》には見《み》えた。

翌週《よくしゅう》のクラブの日《ひ》は道子《みちこ》ちゃんは学校《がっこう》を休《やす》んでいた。いつもなら、道子《みちこ》ちゃんが勧《すす》めてくれる本《ほん》を選《えら》んで読《よ》んだり、借《か》りたりしていたのだが、仕方《しかた》なく中《なか》身《み》をパラパラとめくり、面白《おもしろ》そうな本《ほん》を自分《じぶん》で探《さが》した。次《つぎ》の日《ひ》も道子《みちこ》ちゃんはお休《やす》みだった。学校《がっこう》から帰《かえ》ると百合子《ゆりこ》は道子《みちこ》ちゃんの家《いえ》に行《い》ってみることにした。門《もん》のところにあるブザーを押《お》すと、

「はい、どなたですか？」

と道子《みちこ》ちゃんのお母《かあ》さんが顔《かお》を出《だ》した。

「私《わたし》は道子《みちこ》ちゃんの友達《ともだち》で、佐藤《さとう》です。道子《みちこ》ちゃん、大丈夫《だいじょうぶ》ですか？」

「ああ、百合子《ゆりこ》ちゃん？　佐藤百合子《さとうゆりこ》ちゃんね？　道子《みちこ》からよく聞《き》いてるわ。」

「昨日《きのう》もクラブの時《とき》に道子《みちこ》ちゃん、お休《やす》みで、今日《きょう》もお休《やす》みって聞《き》いたので、私《わたし》心配《しんぱい》で……。」

「わざわざ来《き》てくれたの？　ありがとうね。」

「熱《ねつ》ですか？」

「そうね〜ちょっと具合《ぐあい》が悪《わる》くて……。」

道子《みちこ》ちゃんのお母《かあ》さんは困《こま》った顔《かお》で深《ふか》くため息《いき》をついた。

「明日《あした》は学校《がっこう》に来《き》ますか？」

「行《い》けると思《おも》うわ。百合子《ゆりこ》ちゃんがお見舞《みま》いに来《き》てくれたのを伝《つた》えるわね。ちょっと待《ま》ってて。」

おばさんは、バタバタと奥《おく》の部屋《へや》に行《い》き、袋《ふくろ》に入《い》れたクッキーを百合子《ゆりこ》にくれた。

「お見舞《みま》いありがとう。気《き》をつけて帰《かえ》ってね。」

百合子《ゆりこ》は道子《みちこ》ちゃんに会《あ》えなかったのは、残念《ざんねん》だったが、おばさんが喜《よろこ》んでくれたので、安心《あんしん》して家《いえ》に帰《かえ》った。

「お母《かあ》さん、道子《みちこ》ちゃんの家《いえ》にお見舞《みま》いに行《い》ったら、クッキーくれたよ。食《た》べていい？」

「あら、そうなの？　道子《みちこ》ちゃん、大丈夫《だいじょうぶ》だった？」

「明日《あした》は学校《がっこう》に来《く》るって！　良《よ》かった！」

ところが、翌日《よくじつ》も道子《みちこ》ちゃんはお休《やす》みだった。百合子《ゆりこ》は何《なに》か胸《むね》がざわざわして、道子《みちこ》ちゃんの寂《さび》しそうな顔《かお》が頭《あたま》に浮《う》かんで、心配《しんぱい》だった。さすがにクラスも違《ちが》うのに、続《つづ》けてお見舞《みま》いには行《い》けず、誰《だれ》にも言《い》えずにその日《ひ》は家《いえ》に帰《かえ》った。

「お母《かあ》さん、道子《みちこ》ちゃん、今日《きょう》も休《やす》んでたの。大丈夫《だいじょうぶ》かなぁ？」

「まあ、どうしたのかしらね？　熱《ねつ》が下《さ》がらないのかしら？」

「うーん、熱《ねつ》じゃないみたいなの。」

「そうなの？　なんでお休《やす》みなの？」

「わかんない。心配《しんぱい》だなぁ。」

百合子《ゆりこ》は何《なん》となく道子《みちこ》ちゃんが病気《びょうき》ではなくて、休《やす》んでいるような気《き》がしていた。翌日《よくじつ》もその次《つぎ》の日《ひ》も、道子《みちこ》ちゃんは学校《がっこう》に来《こ》なかった。放課後《ほうかご》坂本君《さかもとくん》にサッカーを教《おそ》わっていた時《とき》に百合子《ゆりこ》は、

「今日《きょう》は元気《げんき》ないね？」

と言《い》われてしまった。

「ちょっと心配《しんぱい》なことがあって……。」

なぜだか、穏《おだ》やかに聞《き》いてくれる坂本君《さかもとくん》には言《い》える気《き》がした。

「この前《まえ》さ、クラブの日《ひ》に一緒《いっしょ》に帰《かえ》ってた道子《みちこ》ちゃん、覚《おぼ》えてる？」

「ああ、佐藤《さとう》と仲《なか》がいいやつだろ？　隣《となり》のクラスの子《こ》？」

「そう。その道子《みちこ》ちゃんがもう一週間《いっしゅうかん》休《やす》んでるの。私《わたし》心配《しんぱい》で。」

「ふーん、病気《びょうき》じゃないのか？」

「わかんないけど、病気《びょうき》じゃないような気《き》がする。」

「そうなんだ。」

「なんでお休《やす》みしてるんだろう？」

「井上先生《いのうえせんせい》に相談《そうだん》してみれば？」

「先生《せんせい》に？」

「なんか特別《とくべつ》な理由《りゆう》があれば、隣《となり》のクラスの先生《せんせい》も心配《しんぱい》してるはずだし、井上《いのうえ》先生《せんせい》も知《し》っているんじゃないかな。」

「そうか！　井上先生《いのうえせんせい》なら、聞《き》いてくれるかな？」

百合子《ゆりこ》は坂本君《さかもとくん》に話《はな》して良《よ》かったと思った。早速明日《さっそくあした》井上先生《いのうえせんせい》に聞《き》いてみよう、ともやもやしていた気持《きも》ちが軽《かる》くなったような気《き》がした。

翌日《よくじつ》も欠席《けっせき》していた道子《みちこ》ちゃんのことを、百合子《ゆりこ》は井上先生《いのうえせんせい》に相談《そうだん》した。井《い》上先生《うえせんせい》は、百合子《ゆりこ》の話《はなし》をよく聞《き》いてくれて、

「佐藤《さとう》の心配《しんぱい》はよくわかった。加藤先生《かとうせんせい》に聞《き》いてみるけれど、本人《ほんにん》の事情《じじょう》やプ

ライバシーもあるから、詳《くわ》しくは教《おし》えられないかもしれない。プライバシーってわかるか？」

「あっ、はい。お見舞《みま》いに何回《なんかい》も行《い》っていいものか、それもわからなくて……。」

「誰《だれ》かに心配《しんぱい》してもらって、嫌《いや》な人《ひと》はいないぞ。佐藤《さとう》の気持《きも》ちは伝《つた》わってると思《おも》うな。」

優《やさ》しい井上先生《いのうえせんせい》の言葉《ことば》は、百合子《ゆりこ》の胸《むね》に染《し》みた。

「ありがとうございます。よろしくお願《ねが》いします。」

とぺこりと頭《あたま》を下《さ》げて、百合子《ゆりこ》は相談室《そうだんしつ》を出《で》た。井上先生《いのうえせんせい》は、とってもいい先生《せんせい》だなと百合子《ゆりこ》は改《あらた》めて思《おも》った。

翌日《よくじつ》、放課後《ほうかご》井上先生《いのうえせんせい》に百合子《ゆりこ》は呼《よ》ばれて、前日《ぜんじつ》と同《おな》じ相談室《そうだんしつ》で話《はなし》を聞《き》いた。

「佐藤《さとう》、木村《きむら》さんはしばらく欠席《けっせき》するそうだ。身体《からだ》が具合悪《ぐあいわる》くなるように、木《き》村《むら》さんは今心《いまこころ》がちょっと具合《ぐあい》が悪《わる》いってことだな。」

「そんな！　なんでそんなことになったんですか？」

「それは、加藤先生《かとうせんせい》もわからないと言《い》うことだ。しばらくそっとしておいてあげるのがいいのかなと、先生《せんせい》も思《おも》う。佐藤《さとう》の心配《しんぱい》はわかるけど。」

「この前《まえ》までは元気《げんき》だったんです。急《きゅう》にそんなふうに学校《がっこう》に来《こ》られないなんて！　あたし、何《なに》も知《し》らなくて……。」

百合子《ゆりこ》は涙《なみだ》ぐみながら、井上先生《いのうえせんせい》に言《い》った。

「ツライな？　佐藤《さとう》がこんなに心《こころ》を痛《いた》めてるのは、きっと木村《きむら》さんにも伝《つた》わる時《とき》が来《く》るぞ。そうだ、手紙《てがみ》を書《か》くのはどうだ？」

（手紙《てがみ》！）百合子《ゆりこ》は井上先生《いのうえせんせい》の言葉《ことば》にはっとした。道子《みちこ》ちゃんに手紙《てがみ》を書《か》こう！　と思《おも》った。

「先生《せんせい》ありがとう。あたし、手紙《てがみ》を書《か》いてみます！」

「そうだな。それがいい。」
百合子《ゆりこ》は井上先生《いのうえせんせい》に感謝《かんしゃ》しながら、学校《がっこう》を出《で》た。そして、その日《ひ》から返事《へんじ》が来《こ》なくてもいいと思《おも》いながら、一週間《いっしゅうかん》に一回《いっかい》道子《みちこ》ちゃんに手紙《てがみ》を書《か》いた。

道子《みちこ》ちゃん
ずっとお休《やす》みしてるから、心配《しんぱい》しています。どうしていますか？　道子《みちこ》ちゃんがいないクラブの時間《じかん》はつまらなくて、本《ほん》を選《えら》んでくれる友達《ともだち》もいなくて、とても寂《さび》しいです。一緒《いっしょ》に帰《かえ》る時間《じかん》は楽《たの》しかったなぁ！　三年生《ねんせい》になっても同じクラスなら良《よ》かったね！　二年生《ねんせい》の時《とき》には毎日《まいにち》お喋《しゃべ》りしたり、遊《あそ》んだり、とても嬉《うれ》しかったよ。もうすぐハムちゃんのお参《まい》りの日《ひ》です。道子《みちこ》ちゃんと一緒《いっしょ》にお墓参《はかまい》りをしたいです。
早《はや》く治《なお》って学校《がっこう》に出《で》てきてください。そしたら一緒《いっしょ》に遊《あそ》ぼうね！　道子《みちこ》ちゃんが前《まえ》みたいに元気《げんき》になれるようにお祈《いの》りしています。

百合子《ゆりこ》より

百合子《ゆりこ》は書《か》いた手紙《てがみ》をお母《かあ》さんに見《み》せた。これでいいのかわからなかったからだ。お母《かあ》さんは、黙《だま》って読《よ》むと、

「道子《みちこ》ちゃん、きっと百合子《ゆりこ》の気持《きも》ちをわかってくれるわよ。」

と言《い》ってくれた。

手紙《てがみ》は道子《みちこ》ちゃんの家《いえ》のポストに入れた。道子《みちこ》ちゃんがどんな気持《きも》ちで家《いえ》にずっといるのか、考《かんが》えると胸《むね》が苦《くる》しくなった。百合子《ゆりこ》にとっては、学校《がっこう》は毎日《まいにち》通《かよ》うものであり、勉強《べんきょう》したり、遊《あそ》んだり、友達《ともだち》や先生《せんせい》に会《あ》えるだけでも嬉《うれ》しくて楽《たの》しい、大切《たいせつ》な場所《ばしょ》だった。でも今《いま》の道子《みちこ》ちゃんにとっては、とてもツラい場所《ばしょ》になってるのかなと思《おも》った。何《なに》があったんだろう。違《ちが》うクラスのことは、

まったくわからなかった。

次《つぎ》の日坂本君《ひさかもとくん》に話《はな》しかけられた。

「佐藤《さとう》、おれ隣《となり》のクラスに仲《なか》が良《よ》かったやつがいて、ちょっと聞《き》いたよ。木村《きむら》さんのこと。」

「えっ？　どんなこと？」

「木村《きむら》さん、クラスの女《おんな》の子《こ》たちに仲間外《なかまはず》れにされたり、無視《むし》されたり、嫌《いや》がらせ？　みたいなことをされていたらしいよ。おれも見《み》た訳《わけ》じゃなく、聞《き》いた話《はなし》だけど。」

「えっ！　ひどい！　誰《だれ》がそんな意地悪《いじわる》をしているの？」

「そこまでは知《し》らないけど、学校《がっこう》を休《やす》んでいるのは、それが原因《げんいん》かも。」

「ひどい！　道子《みちこ》ちゃん、一人《ひとり》でツラかったんだ。」

百合子《ゆりこ》は道子《みちこ》ちゃんの気持《きも》ちを想像《そうぞう》すると、泣《な》きそうになった。

その日《ひ》、学校《がっこう》から帰《かえ》ると、百合子《ゆりこ》は思《おも》いきってお母《かあ》さんに相談《そうだん》した。百合子《ゆりこ》は道子《みちこ》ちゃんのために何《なに》かしてあげたかった。そんな意地悪《いじわる》な女《おんな》の子《こ》たちのせいで学校《がっこう》に来《こ》られないなんて、間違《まちが》ってると腹《はら》が立《た》ってきた。もし、クラスに道子《みちこ》ちゃんがいたら、全面的《ぜんめんてき》に道子《みちこ》ちゃんの味方《みかた》になり、かばってあげられるのにと悔《くや》しくも思《おも》った。お母《かあ》さんは、

「道子《みちこ》ちゃん、可哀想《かわいそう》に。でもクラスが違《ちが》うから噂《うわさ》や人《ひと》の話《はなし》が全部正《ぜんぶただ》しいかわからないわよ。百合子《ゆりこ》は手紙《てがみ》を書《か》いて道子《みちこ》ちゃんの気持《きも》ちが落《お》ち着《つ》くまで味方《みかた》でいてあげればいいんじゃない？」

「誰《だれ》が道子《みちこ》ちゃんをいじめてるか、隣《となり》のクラスの知《し》ってる子《こ》に聞《き》いたらダメかな？」

「それは止《や》めた方《ほう》がいいわよ。もし道子《みちこ》ちゃんが学校《がっこう》に来《こ》られるようになった時《とき》、今度《こんど》は陰《かげ》で意地悪《いじわる》をするかもしれない。」

「なんでみんなで仲良《なかよ》くできないんだろう!」
百合子《ゆりこ》はもどかしくて仕方《しかた》なかった。

道子《みちこ》ちゃん
体《からだ》の具合《ぐあい》はどうですか?
ずっと会《あ》えないで、とても寂《さび》しいです。
この間《あいだ》ポストに手紙《てがみ》を入《い》れました。読《よ》んでくれましたか? 読《よ》んでくれたら、嬉《うれ》しいです。道子《みちこ》ちゃんがいなかったけど、この前一人《まえひとり》でハムちゃんの命日《めいにち》にお墓参《はかまい》りをしたよ。お母《かあ》さんが用意《ようい》してくれたお花《はな》をお供《そな》えしてきました。きっとハムちゃんも道子《みちこ》ちゃんにお参《まい》りしてもらうのを待《ま》っていると思《おも》います。来月《らいげつ》は一緒《いっしょ》に行《い》けたらとても嬉《うれ》しいよ。でも無理《むり》はしないでね。

ゆっくり休《やす》んで、あまり色々考《いろいろかんが》えないで、少《すこ》しずつ元気《げんき》になってね〜。
道子《みちこ》ちゃんに会《あ》えるのを本当《ほんとう》に心《こころ》から待ってるよ。

百合子《ゆりこ》

手紙《てがみ》を書《か》いているうちに、百合子《ゆりこ》は悔《くや》しくて涙《なみだ》がぽろぽろこぼれてきた。同《おな》じクラスなら道子《みちこ》ちゃんの側《そば》にずっといてあげられるのに。道子《みちこ》ちゃんがどんな気持《きも》ちで毎日過《まいにちす》ごしているのか想像《そうぞう》しても、百合子《ゆりこ》にはよくわからないのだった。季節《きせつ》は間《ま》もなく冬《ふゆ》になろうとしていた。寒《さむ》い部屋《へや》の中《なか》でひとりぼっちで丸《まる》まっている道子《みちこ》ちゃんの姿《すがた》が浮《う》かんできて、百合子《ゆりこ》はツラかった。

手紙《てがみ》を道子《みちこ》ちゃんの家《いえ》のポストに入れようとした瞬間《しゅんかん》、玄関《げんかん》のドアが開《ひら》いて道子《みちこ》ちゃんのお母《かあ》さんが顔《かお》を出《だ》した。

「百合子《ゆりこ》ちゃん！　手紙《てがみ》を持《も》ってきてくれたの？　寒《さむ》いのに悪《わる》かったわねぇ。」

「いいえ。道子《みちこ》ちゃん、どうですか？」

「ちょっと待《ま》ってて。寒《さむ》いから、玄関《げんかん》の中《なか》に入《はい》ってくれる？」

そう言《い》って、おばさんは奥《おく》の部屋《へや》に向《む》かった。すると何《なん》と道子《みちこ》ちゃんが出《で》てきてくれた。

「ゆりちゃん！」

「道子《みちこ》ちゃん！　大丈夫《だいじょうぶ》？」

「百合子《ゆりこ》ちゃん、上《あ》がってくれる？　道子《みちこ》が百合子《ゆりこ》ちゃんに会《あ》いたがってたのよ。」

道子《みちこ》ちゃんは、すっかり痩《や》せてしまって、それを言《い》うのもいけない気《き》がした。

「ゆりちゃん、私《わたし》の部屋《へや》に来《き》て。」

手《て》を引《ひ》っ張《ぱ》られて、百合子《ゆりこ》は道子《みちこ》ちゃんの部屋《へや》に連《つ》れていかれた。

「ゆりちゃんお手紙《てがみ》ありがとう。嬉《うれ》しかったよ。」

「道子《みちこ》ちゃんにずっと会《あ》いたかった。どうしてるかいつも考《かんが》えてた。」

「朝《あさ》はいつも学校《がっこう》に行《い》こうとするんだけど、お腹《なか》が痛《いた》くなったり、頭《あたま》が痛《いた》くなったり、まさかこんなにお休《やす》みしちゃうなんて、思《おも》わなかった。」

「なんかあったの？　意地悪《いじわる》されたり？」

道子《みちこ》ちゃんは、目《め》を伏《ふ》せて力《ちから》なく首《くび》を振《ふ》った。

「ううん、何《なに》も……。理由《りゆう》なんかないけど、どうしても学校《がっこう》に行《い》けなくなっちゃった。」

百合子《ゆりこ》はそれ以上《いじょう》は聞《き》けなかった。

「おんなじクラスなら良《よ》かったね～！」

そこへおばさんが温《あたた》かい紅茶《こうちゃ》とお菓子《かし》を持《も》ってきてくれた。

「百合子《ゆりこ》ちゃん、本当《ほんとう》にありがとう。今日《きょう》も手紙《てがみ》を書《か》いてきてくれたのよね。」

ポストに入れた手紙《てがみ》を道子《みちこ》ちゃんに渡《わた》してくれた。道子《みちこ》ちゃんは、手紙《てがみ》を読《よ》むとス〜っと涙《なみだ》を流《なが》した。

「私《わたし》もハムちゃんのこと、すごく気《き》になってたんだ。ゆりちゃん行《い》ってくれたんだね？」

「また一緒《いっしょ》にお参《まい》りしようね！」

二人《ふたり》は温《あたた》かいミルクティをすすりながら、美味《おい》しいクッキーを食《た》べて、久《ひさ》しぶりに気持《きも》ちがほっこりした。

「道子《みちこ》ちゃん、また来《き》てもいい？」

「うん、もちろん。」

百合子《ゆりこ》は痩《や》せ細《ほそ》った道子《みちこ》ちゃんを見《み》るのがツラかったが、道子《みちこ》ちゃんと会《あ》えて、話《はなし》ができて、本当《ほんとう》にホッとした。

三組《くみ》　ピンチ！

三学期《がっき》になった。百合子《ゆりこ》は風邪《かぜ》もひかず毎日元気《まいにちげんき》に学校《がっこう》に通《かよ》っていた。百合《ゆり》子《こ》たちのクラスでは、冬《ふゆ》に体《からだ》をきたえようと井上先生《いのうえせんせい》が提案《ていあん》して、毎日校庭《まいにちこうてい》を走《はし》ったり、なわ跳《と》びをしたり、鉄棒《てつぼう》や登《のぼ》り棒《ぼう》や色々《いろいろ》なプログラムを入《い》れた運動《うんどう》メニューをこなしてから、帰宅《きたく》することになっていた。教室《きょうしつ》に張《は》り出《だ》された紙《かみ》には、誰《だれ》がどこまでメニューをこなしているか一目《ひとめ》でわかるようにグラフが描《か》かれていた。

百合子《ゆりこ》や坂本君《さかもとくん》や運動《うんどう》が得意《とくい》な子《こ》どもたちは張《は》り切《き》って毎日運動《まいにちうんどう》メニューに取《と》り組《く》んでいた。北風《きたかぜ》がぴゅーぴゅー吹《ふ》いている日《ひ》も、このメニューを終《お》えてから帰《かえ》ると体《からだ》がポカポカと温《あたた》まって、全然《ぜんぜん》寒《さむ》く感《かん》じなかった。

「お母《かあ》さん、あたし今日《きょう》最高《さいこう》タイム出《で》たよ！」

「お帰《かえ》りなさい。まあ、ただいまも言《い》わないで。何《なん》の話《はなし》？」

「毎日《まいにち》なわ跳《と》びやけんすいや登《のぼ》り棒《ぼう》、メニューでやってるやつ。」

「タイムなんて計《はか》ってるの？」

「速《はや》い子《こ》だけ、先生《せんせい》が計《はか》ってくれた。疲《つか》れた！　お腹空《なかす》いた！」

「まあ、この子《こ》は！　しょうがないわね～手《て》を洗《あら》ってきなさい。まったく。」

お母《かあ》さんは文句《もんく》を言《い》いながらも、ちょっと嬉《うれ》しそうだった。

「女子《じょし》では、いつも一番《いちばん》なんだけど、今日《きょう》は坂本君《さかもとくん》より速《はや》かったんだ。」

「すごいね、百合子《ゆりこ》は。誰《だれ》に似《に》たんでしょう？」

お母《かあ》さんが作《つく》ってくれたホットケーキを百合子《ゆりこ》はパクパク食《た》べた。タイムも一番《いちばん》。お母《かあ》さんのホットケーキも一番《いちばん》だった。最近《さいきん》は道子《みちこ》ちゃんとも週《しゅう》に一度《いちど》道子《みちこ》ちゃんの家《いえ》で会《あ》うことができて、心配事《しんぱいごと》が少《すこ》し減《へ》っていたので、百合子《ゆりこ》はまた元《もと》のように、張《は》り切《き》って色々《いろいろ》なことを頑張《がんば》っていた。まだ道子《みちこ》ちゃんは登《とう》校《こう》できていなかったが、百合子《ゆりこ》は少《すこ》しずつ頬《ほお》がふっくらして元気《げんき》を取《と》り戻《もど》している道子《みちこ》ちゃんを見《み》ていると、五年生《ねんせい》になってクラス替《が》えをしたら道子《みちこ》ちゃんが戻《もど》ってくるような気《き》がしていた。

「あっそうだ。お母《かあ》さん、明日《あした》ハムちゃんのお墓参《はかまい》り。お花《はな》ある？」

「はい、これね。」

お母《かあ》さんは、忘《わす》れずに用意《ようい》してくれていた。

「道子《みちこ》ちゃんも行《い》けるといいんだけど。」

「でも、少《すこ》し元気《げんき》になったんでしょう？　来年《らいねん》はきっと一緒《いっしょ》にいけるようになるわよ。」

お母《かあ》さんの言葉《ことば》は、百合子《ゆりこ》の心《こころ》にスーっと入《はい》っていった。

次《つぎ》の日《ひ》、百合子《ゆりこ》が校舎《こうしゃ》の裏《うら》にあるハムちゃんのお墓《はか》に行《い》こうとした時《とき》、偶然《ぐうぜん》坂本君《さかもとくん》が下駄箱《げたばこ》にいた。

「佐藤《さとう》！　メニューやった？」

「うん、終《お》わったよ。」

「花《はな》どうするの？」

「ああ、これね。一緒《いっしょ》に来《く》る？」

坂本君《さかもとくん》は百合子《ゆりこ》についてきた。

「二年生《ねんせい》の時《とき》にクラスで飼《か》っていたハムスターが死《し》んじゃって。お墓《はか》が裏《うら》にあるの。」

「えっ？　ハムスター？」

「あたしと道子《みちこ》ちゃんが世話係《せわがかり》で、ケージから逃《に》げ出《だ》しちゃって。隣《となり》のクラスの馬鹿《ばか》な男《おとこ》の子《こ》が窓《まど》から投《な》げて、ハムちゃん死《し》んじゃったの。」

「えっ、そんな！。」

百合子《ゆりこ》はいつものようにハムちゃんのお墓《はか》にお花《はな》を供《そな》えて、道子《みちこ》ちゃんが一日《にち》も早《はや》く戻《もど》れるようにお祈《いの》りした。坂本君《さかもとくん》はずっと黙《だま》ったまま、百合子《ゆりこ》の様子《ようす》を見守《みまも》った。

「あたしたち、すごく悲《かな》しくて、自分《じぶん》たちのせいでハムちゃんが死《し》んじゃった気《き》がして。でも道子《みちこ》ちゃんが命日《めいにち》にお墓参《はかまい》りしようって。それからずっと二人《ふたり》でお墓参《はかまい》りしてたの。最近《さいきん》は道子《みちこ》ちゃんができないけど。」

坂本君《さかもとくん》は急《きゅう》に慌《あわ》てて、

「しまった！　今日用事《きょうようじ》があったんだ。ごめん！　帰《かえ》るね。」

そう言《い》うと、あっという間《ま》に走《はし》り去《さ》っていった。百合子《ゆりこ》はハムちゃんの命日《めいにち》のお参《まい》りの話《はなし》をしたのは、坂本君《さかもとくん》が初《はじ》めてだなと思《おも》った。春《はる》になれば、道子《みちこ》ちゃんが良《よ》くなって学校《がっこう》に戻《もど》れるといいと心《こころ》から願《ねが》った。

今《いま》にも雪《ゆき》が降《ふ》りそうな二月《がつ》のある日《ひ》、どんよりと雲《くも》が空《そら》をおおい、外《そと》に出《で》ると寒《さむ》さでほっぺたがキリキリ痛《いた》かった。百合子《ゆりこ》は他《ほか》の女《おんな》の子《こ》たちとけんすいを競《きそ》い、次《つぎ》は登《のぼ》り棒《ぼう》だなと視線《しせん》を移《うつ》した瞬間《しゅんかん》、まるでスローモーションの映像《えいぞう》を見《み》ているように、誰《だれ》かが登《のぼ》り棒《ぼう》のてっぺんから落下《らっか》したのを見《み》た。

「きゃー！」

と誰《だれ》かが悲鳴《ひめい》を上《あ》げた声《こえ》と、どん！　と地面《じめん》に叩《たた》きつけられる音《おと》と重《かさ》なった。校庭《こうてい》にいたみんなの動《うご》きが止《と》まり、次《つぎ》の瞬間時間《しゅんかんじかん》が動《うご》き出《だ》すのと同時《どうじ》に誰《だれ》もがいっせいにその場《ば》に駆《か》け寄《よ》った。倒《たお》れていたのは、同《おな》じクラスの渡辺久美《わたなべくみ》子《こ》ちゃんだった。百合子《ゆりこ》は慌《あわ》てて、

「先生呼《せんせいよ》んでくる！」

と、すぐに職員室《しょくいんしつ》に走《はし》った。ドアを開《あ》けると、会議中《かいぎちゅう》だったらしく、いっせ

いに先生方《せんせいがた》の視線《しせん》が百合子《ゆりこ》に注《そそ》がれた。

「井上先生《いのうえせんせい》！　渡辺《わたなべ》さんが登《のぼ》り棒《ぼう》から落《お》ちて大変《たいへん》です！」

井上先生《いのうえせんせい》は、すぐに立《た》ち上《あ》がり、百合子《ゆりこ》に駆《か》け寄《よ》った。色々《いろいろ》な先生《せんせい》が慌《あわ》てて校庭《こうてい》に向《む》かい、その後救急車《ごきゅうきゅうしゃ》が呼《よ》ばれ渡辺《わたなべ》さんは病院《びょういん》に搬送《はんそう》された。運《はこ》ばれる直前《ちょくぜん》まで渡辺《わたなべ》さんは意識《いしき》がなく、百合子《ゆりこ》はとても心配《しんぱい》だった。

次《つぎ》の日《ひ》、渡辺《わたなべ》さんの話題《わだい》で持《も》ちきりだった。井上先生《いのうえせんせい》が教室《きょうしつ》に入《はい》ってくると、それまで騒《さわ》がしかったクラスの雰囲気《ふんいき》がしんとした。

「昨日《きのう》は、みんなも知《し》ってる通《とお》り、渡辺《わたなべ》が登《のぼ》り棒《ぼう》から落《お》ち、救急車《きゅうきゅうしゃ》で病院《びょういん》に運《はこ》ばれた。」

「渡辺《わたなべ》さんは大丈夫《だいじょうぶ》なんですか？」

鈴木健一《すずきけんいち》が質問《しつもん》した。こういう時《とき》にみんなの聞《き》きたいことをストレートに聞《き》いてくれるありがたい存在《そんざい》だ。

「家《いえ》の人《ひと》の話《はなし》だと、レントゲンとかは異常《いじょう》がなく、今日《きょう》にでも退院《たいいん》できるということだ。」

そして、その後井上先生《ごいのうえせんせい》は、みんなをぐるりと見回《みまわ》し、こう言《い》った。

「運動《うんどう》メニューは、中止《ちゅうし》だ。頑張《がんば》って毎日取《まいにちと》り組《く》んでくれてたのに、悪《わる》いな。」

「渡辺《わたなべ》さんが落《お》ちたからですか？　それなら、みんな気《き》をつけてやります。」

百合子《ゆりこ》は思《おも》い切《き》って発言《はつげん》した。

「他《ほか》の先生方《せんせいがた》や校長先生《こうちょうせんせい》から止《や》めるように言《い》われたんだ。渡辺《わたなべ》のご両親《りょうしん》の気持《きも》ちも考《かんが》えると、無理《むり》には続《つづ》けられない。また誰《だれ》かが怪我《けが》をしたら、大変《たいへん》だ。」

誰《だれ》も何《なに》も言《い》えなかった。

「それから放課後遊《ほうかごあそ》ぶのもしばらくはなしになる。みんな悪《わる》いな。」

「先生《せんせい》！」

「なんだ？」

「校長先生《こうちょうせんせい》に言《い》われたんですか？」

「そうじゃないよ。さあ、授業《じゅぎょう》を始《はじ》めよう。」

百合子《ゆりこ》は運動《うんどう》メニューができなくなることや放課後遊《ほうかごあそ》べなくなることより、井上先生《いのうえせんせい》が心配《しんぱい》だった。いつもの爽《さわ》やかな明《あか》るさや元気《げんき》がまったくなく、一日《にち》しか経《た》っていないのに、顔色《かおいろ》も悪《わる》く、げっそりしていたからだ。きっと校長先《こうちょうせん》生《せい》やベテランの先生《せんせい》に色々注意《いろいろちゅうい》されたり、怒《おこ》られたりしたのかもしれない。何《なん》と言《い》っても、井上先生《いのうえせんせい》はまだ若《わか》くて、教師《きょうし》として二年目《ねんめ》の先生《せんせい》だ。

（井上先生《いのうえせんせい》は、大丈夫《だいじょうぶ》かな？）

心《こころ》の中《なか》で百合子《ゆりこ》はずっとつぶやき、井上先生《いのうえせんせい》をつい目《め》で追《お》っていた。

渡辺久美子《わたなべくみこ》ちゃんは、一週間《いっしゅうかん》ほど大事《だいじ》を取《と》って、学校《がっこう》を休《やす》んだ。その間《あいだ》に何《なん》度《ど》か渡辺《わたなべ》さんのお母《かあ》さんが校長室《こうちょうしつ》に入っていくのを、クラスの何人《なんにん》かが目撃《もくげき》した。井上先生《いのうえせんせい》は、だんだん元気《げんき》がなくなり、みんなが頑張《がんば》ったら、外《そと》で遊《あそ》ぶなどということも提案《ていあん》しなくなった。時々《ときどき》ぼーっとして、話《はな》しかけても聞《き》いていないこともあった。そのうちにお休《やす》みする日《ひ》もあって、代《か》わりに教頭先生《きょうとうせんせい》がクラスに来《き》たりした。百合子《ゆりこ》は内心井上先生《ないしんいのうえせんせい》が道子《みちこ》ちゃんの姿《すがた》と重《かさ》なって、考《かんが》えるとドキドキした。何人《なんにん》かの女《おんな》の子《こ》とは井上先生《いのうえせんせい》のことを心配《しんぱい》し合《あ》ったことはあったが、なかなか本音《ほんね》で話《はなし》をできる友達《ともだち》はいなかった。むしろ渡辺《わたなべ》さんを心《しん》配《ぱい》する女《おんな》の子《こ》も多《おお》く、やはり登《のぼ》り棒《ぼう》から落《お》ちてしまい、救急車《きゅうきゅうしゃ》で運《はこ》ばれた姿《すがた》が印象的《いんしょうてき》で、渡辺《わたなべ》さんに同情《どうじょう》する雰囲気《ふんいき》も相変《あいか》わらずあった。

百合子《ゆりこ》は毎日《まいにち》の運動《うんどう》メニューも苦《く》ではなく、むしろ男子《だんし》に混《ま》じってタイムを競《きそ》っていたほどだったので、その運動《うんどう》メニューが日々《ひび》負担《ふたん》で井上先生《いのうえせんせい》が苦手《にがて》になりつつあった子《こ》どもたちが少《すく》なからずいたという状況《じょうきょう》は初《はじ》めて知《し》ることだった。特《とく》に運動《うんどう》が得意《とくい》ではなく、帰《かえ》りが遅《おそ》くなるのを心配《しんぱい》する女子《じょし》の家庭《かてい》がけっこうあったことも、今回初《こんかいはじ》めて知《し》った。確《たし》かに渡辺《わたなべ》さんが登《のぼ》り棒《ぼう》のてっぺんから落下《らっか》して、たまたま大《おお》きな怪我《けが》もなく無事《ぶじ》だったにしても、親《おや》たちにしてみればいつ自分《じぶん》の子《こ》が同《おな》じ目《め》にあうか、普段《ふだん》の心配《しんぱい》が急《きゅう》に現実味《げんじつみ》を帯《お》びてきたのだった。そして、そのような取《と》り組《く》みを実際《じっさい》にやっているのは、百合子《ゆりこ》たちのクラスだけだった。調子《ちょうし》が良《よ》い時《とき》はみんなが若《わか》い男《おとこ》の先生《せんせい》を応援《おうえん》する雰囲気《ふんいき》だったのに、取《と》り返《かえ》しのつかない結果《けっか》になったかもしれないと感《かん》じた瞬間《しゅんかん》、大人《おとな》たちは急《きゅう》に井上先生《いのうえせんせい》を突《つ》き放《はな》したのかもしれない。

井上先生《いのうえせんせい》は、実際日《じっさいひ》に日《ひ》にやつれていき、笑顔《えがお》もなくなった。二月《がつ》も中旬《ちゅうじゅん》になると、卒業式《そつぎょうしき》の取《と》り組《く》みや三月《がつ》の音楽発表会《おんがくはっぴょうかい》の準備《じゅんび》などが始《はじ》まった。百合子《ゆりこ》は坂本君《さかもとくん》と二人《ふたり》学級委員《がっきゅういいん》として、クラスをまとめたり、練習《れんしゅう》のリーダーになって、クラス全員《ぜんいん》に呼《よ》びかけたりしなければならなかった。井上先生《いのうえせんせい》だけでなく、この頃《ごろ》は坂本君《さかもとくん》も変《へん》な様子《ようす》だった。井上先生《いのうえせんせい》のことを相談《そうだん》しようと話《はな》しかけても、以前《いぜん》とは違《ちが》い、親身《しんみ》に聞《き》いてくれないことも多《おお》かった。

（坂本君《さかもとくん》、どうしちゃったんだろう？　前《まえ》と違《ちが》う。あたし、何《なに》かやったかなぁ？）

と、先生《せんせい》のことだけでなく、坂本君《さかもとくん》のこともどうしていいか、心配《しんぱい》な日《ひ》が続《つづ》いた。このクラスでいられるのも後一《あといっ》ヶ月《かげつ》とちょっとだ。そしたら、クラス替《が》えがあり、今《いま》のみんなとはバラバラになってしまう。担任《たんにん》の先生《せんせい》も変《か》わり、新《あたら》しい生活《せいかつ》が始《はじ》まる。五クラスもあるから、何組《なんくみ》になるかはまったくわからない。せっかく運動会《うんどうかい》も勝《か》ち、いろんなことをクラスでまとまってやって来《き》たのに。井上先生《いのうえせんせい》はいつも百合子《ゆりこ》たちのことを考《かんが》えて、頑張《がんば》ってくれていた。今回《こんかい》の運動《うんどう》メニューもみんなの運動能力《うんどうのうりょく》を高《たか》め、風邪《かぜ》に負《ま》けない元気《げんき》な身体《からだ》を作《つく》るためだ。たまたま先生方《せんせいがた》が会議《かいぎ》の時《とき》に、あんなアクシデントが起《お》こってしまったが、井上先生《いのうえせんせい》が悪《わる》い訳《わけ》じゃない！

（どうしたら、いいんだろう？）

いつもなら頼《たよ》りになる坂本君《さかもとくん》が、まるで百合子《ゆりこ》を避《さ》けているように、話《はな》もじっくりできず、井上先生《いのうえせんせい》のことも遠《とお》くで見《み》ているような感《かん》じだった。何《なん》とかしたいと思《おも》っても、今《いま》の百合子《ゆりこ》にはどうすることもできなかった。クラスの雰囲気《ふんいき》も明《あき》らかに前《まえ》とは変《か》わり、特《とく》に渡辺《わたなべ》さんと仲《なか》が良《よ》かった女《おんな》の子《こ》たちは、時々《ときどき》グループでひそひそ話《はなし》をしていて、百合子《ゆりこ》はとても嫌《いや》だった。男子《だんし》たちは、女子《じょし》ほど敏感《びんかん》ではなく、相変《あいか》わらず自分《じぶん》たちのペースで楽《たの》しく過《す》ごしていた。

「ふぅ。」

自分《じぶん》の席《せき》に座《すわ》り、大《おお》きなため息《いき》をついた百合子《ゆりこ》に、鈴木健一《すずきけんいち》が声《こえ》をかけた。

「佐藤《さとう》、元気《げんき》ないじゃん。外《そと》に遊《あそ》びに行《い》かないの？　珍《めずら》しいね！」

「鈴木君《すずきくん》！　みんなドッジボールやりに行《い》ったかな？」

「ああ、行《い》ったよ。今日《きょう》はちょっと暖《あたた》かいし。」

「男子《だんし》はいいよね？　なんかみんな楽《たの》しそう。」

「女子《じょし》はこの頃《ごろ》ヤバいね？」

「う、うん？　そう見《み》える？」

「なんか、グループでこそこそやってるし、感《かん》じ悪《わる》いね？」

「あんなに、まとまってたのに。鈴木君《すずきくん》、なんかいい方法《ほうほう》ないかな？」

「オレ女子《じょし》のことはよくわからないし。」

「坂本《さかもと》に相談《そうだん》してみれば？」

「そうだね……。」

結局《けっきょく》何の解決方法《かいけつほうほう》もわからず、百合子《ゆりこ》には見《み》ているしかない日々《ひび》が続《つづ》いた。

井上先生《いのうえせんせい》も女子《じょし》の雰囲気《ふんいき》も日《ひ》に日《ひ》に悪《わる》くなるばかりで、とうとう三月《がつ》になってしまった。坂本君《さかもとくん》との関係《かんけい》も以前《いぜん》のようには、うまくいかず、毎日胸《まいにちむね》の中《なか》に小《ちい》さな小石《こいし》がたまっていくようだった。

そんな中《なか》で唯一嬉《ゆいいつうれ》しかったのは、道子《みちこ》ちゃんがだんだん元気《げんき》を取《と》り戻《もど》したことだ。体《からだ》も心《こころ》も以前《いぜん》の道子《みちこ》ちゃんと変《か》わらなかった。まだ学校《がっこう》は休《やす》んでいるが、最近《さいきん》は百合子《ゆりこ》の話《はなし》もよく聞《き》いてくれるようになり、とてもありがたかった。やはり道子《みちこ》ちゃんは信頼《しんらい》できる、優《やさ》しい女《おんな》の子《こ》だ。一週間《しゅうかん》に一度《ど》道子《みちこ》ちゃんと過《す》ごす時間《じかん》が、今《いま》の百合子《ゆりこ》にとっては心《こころ》いやされる時間《じかん》だった。

ユリの刺繍《ししゅう》のワンピース

寒《さむ》さも和《やわ》らぎ、春《はる》の訪《おとず》れが感《かん》じられるようになると、音楽発表会《おんがくはっぴょうかい》が間近《まぢか》に迫《せま》り四年生全員《ねんせいぜんいん》で仕上《しあ》げの練習《れんしゅう》に励《はげ》んだ。井上先生《いのうえせんせい》も少《すこ》し元気《げんき》を取《と》り戻《もど》し、他《ほか》の先生《せんせい》たちと一緒《いっしょ》に四年生《ねんせい》の練習《れんしゅう》に参加《さんか》してくれた。卒業《そつぎょう》する六年生《ねんせい》に思《おも》い出《で》として心《こころ》に残《のこ》るような演奏《えんそう》をしたいと、みんな頑張《がんば》って取《と》り組《く》んでいた。曲《きょく》は

『今日《きょう》の日《ひ》はさようなら』。

みんなが間違《まちが》えないように合《あ》わせるのは、なかなか難《むずか》しい。百合子《ゆりこ》は木琴担《もっきんたん》当《とう》で主旋律《しゅせんりつ》のメロディーを弾《ひ》くので、間違《まちが》えないように家《いえ》でも楽譜《がくふ》を見《み》ながらお箸《はし》をバチの代《か》わりにして、練習《れんしゅう》した。特《とく》に二番《ばん》の『空《そら》を飛《と》ぶ鳥《とり》のように自由《じゆう》に生《い》きる』のところの歌詞《かし》が、今《いま》の百合子《ゆりこ》には胸《むね》に染《し》みて泣《な》きそうになる。音《おん》楽発表会《がくはっぴょうかい》は、卒業式《そつぎょうしき》の十日前《とおかまえ》に行《おこな》われる。式《しき》には五年生《ねんせい》だけが在校生代表《ざいこうせいだいひょう》として出席《しゅっせき》する。だから、この音楽発表会《おんがくはっぴょうかい》が、全校生徒《ぜんこうせいと》が集《つど》って六年生《ねんせい》を見送《みおく》る大切《たいせつ》な行事《ぎょうじ》だった。三月《がつ》も数日《すうじつ》を過《す》ぎた頃《ころ》から、だいぶ日差《ひざ》しも明《あか》るくなり、春《はる》を思《おも》わせる日《ひ》もあった。しかし、油断《ゆだん》すると翌日《よくじつ》は北風《きたかぜ》が冷《つめ》たく、冬《ふゆ》に逆戻《ぎゃくもど》りという日《ひ》もあった。二《ふた》つ違《ちが》いの百合子《ゆりこ》の兄博樹《あにひろき》も、間《ま》もなく小学校《しょうがっこう》を卒業《そつぎょう》して、近《ちか》くの中学校《ちゅうがっこう》に入学《にゅうがく》する。夏以来博樹《なついらいひろき》は、また身長《しんちょう》が伸《の》び、お母《かあ》さんよりだいぶ大《おお》きくなった。

「お兄《にい》ちゃん、六年生《ねんせい》は発表会《はっぴょうかい》で、何《なに》を演奏《えんそう》するの？」

「卒業式《そつぎょうしき》で歌《うた》うやつ。」

「何《なん》ていう歌《うた》？」

「『出発《しゅっぱつ》するのです』」

「えー？　何《なに》それ？　題名《だいめい》？」

「そうだよ。悪《わる》い？」

最近《さいきん》兄《あに》はいつもこんなふうにけんか腰《ごし》だ。これが思春期《ししゅんき》ってものなのだろうか、と百合子《ゆりこ》は兄《あに》が後《うし》ろを向《む》いた瞬間《しゅんかん》、あっかんべーと睨《にら》み付《つ》けた。

兄《あに》は小《ちい》さい頃《ころ》から大人《おとな》しく、両親《りょうしん》の言《い》うことを素直《すなお》によく聞《き》き、手《て》のかからない子《こ》どもだった。百合子《ゆりこ》に対《たい》してもけんかを吹《ふ》っかけることもなく、平和主義者《へいわしゅぎしゃ》のようにこれまでは、振《ふ》る舞《ま》っていたのだが、最近《さいきん》はわざとカチンと来《く》るような言《い》い方《かた》をする。まあ、男《おとこ》であまりにも大人《おとな》しいのもどうかと思《おも》うので、ちょっと微笑《ほほえ》ましいなどと感《かん》じていた。だから、けんかになることもなく、相《あい》変《か》わらず手《て》のかからない、害《がい》のない兄《あに》だった。

三月《がつ》十五日《にち》。音楽発表会《おんがくはっぴょうかい》の日《ひ》。卒業式《そつぎょうしき》まで後十日《あととおか》。その日《ひ》は修了式《しゅうりょうしき》にもなっているから、四年生《ねんせい》の生活《せいかつ》も本当《ほんとう》に残《のこ》り少《すく》ない。朝起《あさお》きると、百合子《ゆりこ》の部《へ》屋《や》には、黄緑色《きみどりいろ》の生地《きじ》に緑色《みどりいろ》でアクセントがついた春《はる》らしいワンピースがかかっていた。胸元《むなもと》には百合《ゆり》の花《はな》が刺繍《ししゅう》されていて、とってもきれいだ。

「お母《かあ》さん！　これいつ作《つく》ってたの？　スゴイ。きれい！」

「気《き》に入《い》った？」

「もちろん！　ありがとう！　待《ま》って。着《き》てみるね！」

百合子《ゆりこ》は急《いそ》いでパジャマを脱《ぬ》いで着《き》てみた。袖口《そでぐち》や丈《たけ》は少《すこ》し長《なが》めに、来年《らいねん》も着《き》られるように作《つく》ってくれたらしい。でも、とっても可愛《かわい》い。特《とく》に百合《ゆり》の花《はな》の刺繍《ししゅう》が気《き》に入《い》った。

「どう？　似合《にあ》う？」

お母《かあ》さんもお父《とう》さんもニコニコ顔《がお》だ。

「百合子《ゆりこ》は緑《みどり》が似合《にあ》うな。」

と言《い》ってくれた。お母《かあ》さんも、

「少《すこ》し余裕《よゆう》をもって作《つく》ったけど、とってもいいわね！」

と嬉《うれ》しそうだ。その時起《ときお》きてきたお兄《にい》ちゃんだけが、

「おっ、馬子《まご》にも衣装《いしょう》だ！」

とからかった。

学校《がっこう》に着《つ》くと、音楽発表会《おんがくはっぴょうかい》の緊張感《きんちょうかん》が漂《ただよ》っていたが、真新《まあたら》しいワンピースを着《き》た百合子《ゆりこ》の回《まわ》りには、女《おんな》の子《こ》たちが集《あつ》まってきた。

「ゆりちゃん、可愛《かわい》い！　百合《ゆり》の刺繍《ししゅう》も素敵《すてき》だね。」

と、みんな口々《くちぐち》に言《い》ってくれた。

「お母《かあ》さんが内緒《ないしょ》で作《つく》ってくれてたの。」

「手作《てづく》りのワンピースだね！　すごい似合《にあ》ってるよ。」

今日《きょう》ばかりは、そんなふうにみんなから言《い》ってもらえて、百合子《ゆりこ》は何《なん》だか恥《は》ずかしかったが、同時《どうじ》にお母《かあ》さんのことが誇《ほこ》らしかった。みんなも普段《ふだん》よりちょっとお洒落《しゃれ》をしていたので、発表会《はっぴょうかい》の日《ひ》はやっぱり特別《とくべつ》な日《ひ》だなと改《あらた》めて百合子《ゆりこ》は思《おも》った。『今日《きょう》の日《ひ》はさようなら』は、とても上手《じょうず》に演奏《えんそう》できた。今《いま》まで練習《れんしゅう》してきたことが、緊張感《きんちょうかん》の中《なか》でうまく発表《はっぴょう》につながった。四年生《ねんせい》の誰《だれ》もが満足《まんぞく》して舞台《ぶたい》を降《お》りた。百合子《ゆりこ》も木琴《もっきん》を間違《まちが》えることなく、演奏《えんそう》できて正直《しょうじき》ほっとした。このワンピースのお陰《かげ》だなとお母《かあ》さんに感謝《かんしゃ》した。

教室《きょうしつ》に戻《もど》ると、井上先生《いのうえせんせい》が笑顔《えがお》でみんなを褒《ほ》めてくれた。井上先生《いのうえせんせい》のこんな爽《さわ》やかな笑顔《えがお》は久《ひさ》しぶりだった。

「この曲《きょく》はみんなにとって思《おも》い出《で》の曲《きょく》になったな。先生《せんせい》にも忘《わす》れられない曲《きょく》になったよ。本当《ほんとう》によく頑張《がんば》りました。六年生《ねんせい》もきっと喜《よろこ》んで聴《き》いてくれたでしょう！」

「このクラスも後少《あとすこ》しでお別《わか》れだ。どうだろう？ 修了式《しゅうりょうしき》の前《まえ》の日《ひ》に、お別《わか》れ会《かい》をやろうか？」

みんなを見渡《みわた》しながら、井上先生《いのうえせんせい》は言《い》った。顔《かお》がとても穏《おだ》やかだ。（やりたい！）と百合子《ゆりこ》は強《つよ》く思《おも》った。

「いいっすね！ やりましょう！」

と鈴木健一《すずきけんいち》が少《すこ》しおどけて、言《い》ってくれた。クラスの雰囲気《ふんいき》も和《なご》み、みんなワクワクするような様子《ようす》になった。

「じゃあ、学級委員《がっきゅういいん》の坂本《さかもと》、佐藤《さとう》、前《まえ》に出《で》て、何《なに》をやるかみんなで話《はな》し合《あ》ってくれ。」

坂本君《さかもとくん》と百合子《ゆりこ》は前《まえ》に出《で》て、みんなの意見《いけん》を聞《き》いた。みんな本当《ほんとう》は、外《そと》に出《で》て、ドッジボールやサッカー大会《たいかい》などをやりたいと思《おも》っていたが、渡辺《わたなべ》さんの事故《じこ》以来《いらい》外遊《そとあそ》びは怪我《けが》のないように、先生《せんせい》に迷惑《めいわく》をかけないようにと暗黙《あんもく》のルールができ上《あ》がっていたので、誰《だれ》もそういう提案《ていあん》をしなかった。だから、自《し》然《ぜん》と教室《きょうしつ》でグループごとに歌《うた》やクイズやコントなどをやることになった。今《いま》ある班《はん》でも良《よ》かったが、グループは自由《じゆう》に作《つく》ることになった。百合子《ゆりこ》は何人《なんにん》かの女《おんな》の子《こ》たちと何《なに》をやるか相談《そうだん》した。お調子者《ちょうしもの》の鈴木君《すずきくん》のグループは、早速《さっそく》コントの練習《れんしゅう》をしていた。(坂本君《さかもとくん》は？)目《め》で坂本君《さかもとくん》を追《お》うと、数人《すうにん》の男子《だんし》と楽《たの》しそうに話《はな》し合《あ》っていたので、百合子《ゆりこ》はちょっと安心《あんしん》した。今日《きょう》も司会《しかい》をしている時久《ときひさ》しぶりに坂本君《さかもとくん》と話《はな》したが、以前《いぜん》のように親《した》しい感《かん》じではなかったので、百合子《ゆりこ》は少《すこ》しだけ緊張《きんちょう》したのだ。

「みんな席《せき》に着《つ》いてくれ。」

と井上先生《いのうえせんせい》が言《い》った。みんなは、めいめい席《せき》に戻《もど》った。

「色々話《いろいろはな》し合《あ》って何《なに》をやるか決《き》まったグループは、準備《じゅんび》や練習《れんしゅう》を始《はじ》めてください。後一週間《あといっしゅうかん》ちょっとしかないから、大変《たいへん》だと思《おも》うけど、できる範囲《はんい》でやりましょう。」

久《ひさ》しぶりにみんなの顔《かお》も明《かお》るく、笑顔《えがお》が多《おお》かった。四年生《ねんせい》の、そしてこのクラスの良《よ》い思《おも》い出《で》になるといいなと、百合子《ゆりこ》は改《あらた》めて思《おも》った。

その日百合子《ひゆりこ》たちは、百合子《ゆりこ》の家《いえ》に集《あつ》まって何《なに》をやるか相談《そうだん》した。その結果《けっか》簡単《かんたん》な劇《げき》と歌《うた》をやることにした。みんなのすすめで百合子《ゆりこ》が台本《だいほん》を書《か》き、歌《うた》はグループの真美子《まみこ》ちゃんが選《えら》んで替《か》え歌《うた》を作《つく》ることになった。後《あと》の二人《ふたり》は劇《げき》や歌《うた》を中心《ちゅうしん》になってやることにした。みんなが帰《かえ》ると、早速百合子《さっそくゆりこ》は劇《げき》の内容《ないよう》を考《かんが》えた。登場人物《とうじょうじんぶつ》は四人《にん》だし、時間《じかん》も五分《ふん》くらいでやらないといけない。けっこう難題《なんだい》であった。百合子《ゆりこ》はその日《ひ》けっこう遅《おそ》くまで起《お》きて、台本《だいほん》を何《なん》とか仕《し》上《あ》げた。うまく書《か》けたかは自分《じぶん》ではわからなかったが、おばあちゃんの家《いえ》にいるリリちゃんをイメージして、以前流行《いぜんりゅうこう》した『黒猫《くろねこ》のタンゴ』を『白猫《しろねこ》のワルツ』とちょっと真似《まね》して、迷子《まいご》になった白猫《しろねこ》が冒険《ぼうけん》して、最後《さいご》は家《いえ》に無事《ぶじ》に戻《もど》る話《はなし》を書《か》いてみた。次《つぎ》の日《ひ》学校《がっこう》に行《い》くと、いつもとは違《ちが》って、発表《はっぴょう》のグループごとに集《あつ》まり、みんな相談《そうだん》したり、練習《れんしゅう》したりしていた。百合子《ゆりこ》は（なんかい！）と心《こころ》の中《なか》でにんまりして、急《いそ》いで百合子《ゆりこ》を待《ま》っているグループの所《ところ》に行《い》った。

「ゆりちゃん、おはよう！　どう？　書《か》けた？」

三人《にん》がいっせいに百合子《ゆりこ》に聞《き》いた。

「おはよう！　遅《おそ》くなっちゃった。ごめん！」

「寝不足《ねぶそく》だよ〜。でも書《か》けたよ！」

三人《にん》は、顔《かお》をパッと明《あか》るくさせて百合子《ゆりこ》に抱《だ》きついた。

「スゴイ！　ゆりちゃん、さすが！　見《み》せて！」

百合子《ゆりこ》はランドセルから、ノートを出《だ》して三人《にん》に見《み》せた。ちょっとドキドキする。

（なんて言《い》われるかなぁ？）三人《にん》の様子《ようす》をじっとうかがった。

「ゆりちゃん、いいよ！　このお話《はなし》可愛《かわい》いし、最後《さいご》ジーンとする。」

「とっても素敵《すてき》なお話《はなし》だよ！　ありがとう！」

「ゆりちゃん、作家《さっか》みたい。スゴすぎ！」

三人《にん》はとても喜《よろこ》んでくれた。百合子《ゆりこ》は内心《ないしん》ホッとした。

（良《よ》かった！　みんな気《き》に入《い》ってくれて〜。）

「じゃあ、これで配役《はいやく》決《き》めて、早速練習《さっそくれんしゅう》しなくちゃね！　今日《きょう》また集《あつ》まれる？」

「誰《だれ》の家《いえ》？」

「あたしんちで大丈夫《だいじょうぶ》だよ。お母《かあ》さんに言《い》ってあるから。」

と百合子《ゆりこ》はみんなに言《い》った。

その日《ひ》から百合子《ゆりこ》たちは、毎日集《まいにちあつ》まって、劇《げき》や歌《うた》の練習《れんしゅう》を始《はじ》めた。真美子《まみこ》ちゃんが『黒猫《くろねこ》のタンゴ』の替《か》え歌《うた》で『白猫《しろねこ》のワルツ』を作《つく》ってくれた。白猫《しろねこ》のお面《めん》や小道具《こどうぐ》もみんなでワイワイやりながら作《つく》り、その合間《あいま》に劇《げき》の練習《れんしゅう》と歌《うた》も少《すこ》し振《ふ》り付《つ》けをつけて、楽《たの》しく歌《うた》えるようにした。バレエを習《なら》っている昭子《あきこ》ちゃんが振《ふ》り付《つ》けを考《かんが》えてくれた。絵《え》が得意《とくい》な薫《かおる》ちゃんが小道具作《こどうぐづく》りは中心《ちゅうしん》になって進《すす》めてくれた。一人《ひとり》だと大変《たいへん》だけど、それぞれが自分《じぶん》の得意分野《とくいぶんや》を発揮《はっき》して協力《きょうりょく》すれば、思《おも》っている以上《いじょう》にスゴいものができるんだと百合子《ゆりこ》はしみじみ思《おも》った。

ある時《とき》、四人《にん》で百合子《ゆりこ》の家《いえ》に集《あつ》まり、練習後《れんしゅうご》におやつを食《た》べている時《とき》、薫《かおる》ちゃんが言《い》った言葉《ことば》に百合子《ゆりこ》は大《おお》きなショックを受《う》けた。

「坂本君《さかもとくん》、今月《こんげつ》の終《お》わりに引《ひ》っ越《こ》すんだよね。」

「えっ？　うそ！」

「ああ、この間《あいだ》お母《かあ》さんが言《い》ってたよ。お父《とう》さんの会社《かいしゃ》の転勤《てんきん》でしょ？」

昭子《あきこ》ちゃんがお団子《だんご》をほおばりながら、言《い》った。百合子《ゆりこ》には初《はじ》めて聞《き》く話《はなし》ばかりだ。

「いつ決《き》まったの？　どこに引《ひ》っ越《こ》すの？」

「この間《あいだ》の保護者会《ほごしゃかい》の後《あと》、一、二年《ねん》の時《とき》のクラスのお母《かあ》さんたちが集《あつ》まった時《とき》、坂本君《さかもとくん》のお母《かあ》さんが言《い》ってたらしいよ。」

真美子《まみこ》ちゃんも知《し》っていたらしい。

「大阪《おおさか》でしょ？　遠《とお》いよね？」

昭子《あきこ》ちゃんが答える。みんな知《し》っていた？　知《し》らないのはあたしだけ？

黙《だま》ってしまった百合子《ゆりこ》を見《み》て、真美子《まみこ》ちゃんがそっと聞《き》いた。

「ゆりちゃん、坂本君《さかもとくん》とけっこう仲《なか》が良《よ》かったじゃない？　聞《き》いてなかった？」

「今初《いまはじ》めて聞《き》いた……。」

もしかしたら、坂本君《さかもとくん》が変《か》わってしまったのは、転校《てんこう》するから？　他《ほか》の人《ひと》もみんな知《し》ってるのかな？　百合子《ゆりこ》はショックを受《う》けていた。このクラスで坂本《さかもと》君《くん》とけっこう仲良《なかよ》くしてたのに。真《ま》っ先《さき》に教《おし》えてくれない坂本君《さかもとくん》が、こちらから聞《き》かなければ、そのまま転校《てんこう》しちゃったかもしれない坂本君《さかもとくん》が、恨《うら》めしく、胸《むね》がチクチク痛《いた》んだ。

（坂本君《さかもとくん》はあたしのこと、どう思《おも》ってるんだろう？）

みんなが帰《かえ》った後《あと》も、百合子《ゆりこ》は心《こころ》の中《なか》に重《おも》い大《おお》きな石《いし》が置《お》かれたように感《かん》じていた。

夕焼《ゆうや》けの中《なか》で

お別《わか》れ会《かい》の日《ひ》、それぞれの仲良《なかよ》しグループの発表《はっぴょう》は、コントあり、歌《うた》あり、クイズ大会《たいかい》あり、劇《げき》ありで二時間《じかん》があっという間《ま》に過《す》ぎた。百合子《ゆりこ》たちの『白《しろ》猫《ねこ》のワルツ』もなかなか好評《こうひょう》で、毎日練習《まいにちれんしゅう》した甲斐《かい》があったと百合子《ゆりこ》は満足《まんぞく》した。みんな笑《わら》ったり拍手《はくしゅ》したり、このクラスになって一番《いちばん》の盛《も》り上《あ》がりだった。井上先生《いのうえせんせい》も楽《たの》しそうに子《こ》どもたちの発表《はっぴょう》を観《み》てくれていて、百合子《ゆりこ》は嬉《うれ》しかった。百合子《ゆりこ》と坂本君《さかもとくん》は、学級委員《がっきゅういいん》としてこの会《かい》の進行《しんこう》を務《つと》めていた。『終《お》わりの言葉《ことば》』は坂本君《さかもとくん》が言《い》うことになっていた。

「今日《きょう》は、このクラスで最後《さいご》のお別《わか》れ会《かい》でした。みんな短《みじか》い期間《きかん》で頑張《がんば》って準備《じゅんび》してくれたので、とても楽《たの》しいお別《わか》れ会《かい》になりました。井上先生《いのうえせんせい》がやろうって言《い》ってくれたので、最後《さいご》にとても良《よ》い思《おも》い出《で》ができました。井上先生《いのうえせんせい》ありがとうございました。」

坂本君《さかもとくん》がお辞儀《じぎ》しながら言《い》うと、みんな打《う》ち合《あ》わせもなかったのに、「ありがとうございました！」と声《こえ》を揃《そろ》えて言《い》うことができた。（先生《せんせい》、ほんとにありがとう！）

百合子《ゆりこ》は心《こころ》の中でもう一度《ど》呟《つぶや》いた。

「僕《ぼく》は転校《てんこう》することになりました。四月《がつ》から大阪《おおさか》の学校《がっこう》に行《い》きます。頼《たよ》りない学級委員《がっきゅういいん》で、みんなに迷惑《めいわく》かけました。でも先生《せんせい》やみんなのお陰《かげ》で楽《たの》しい二年《ねん》間《かん》でした。色々《いろいろ》ありがとうございました。」

最後《さいご》は声《こえ》が詰《つ》まって、少《すこ》し泣《な》きながら坂本君《さかもとくん》は、挨拶《あいさつ》をした。思《おも》いがけない坂本君《さかもとくん》の言葉《ことば》に涙《なみだ》もろい数人《すうにん》の女子《じょし》たちは泣《な》いていた。百合子《ゆりこ》も涙《なみだ》が出《で》てきたが、なぜか坂本君《さかもとくん》に見《み》られたくなくて、横《よこ》を向《む》いた。鈴木君《すずきくん》が、

「坂本《さかもと》、カッコいい！　でも僕《ぼく》ヒジョーにサビシイ！」

とおどけて言《い》ってくれたので、クラスはどっと笑《わら》いに包《つつ》まれた。

放課後《ほうかご》百合子《ゆりこ》と坂本君《さかもとくん》で飾《かざ》り付けの後片付《あとかたづ》けを先生《せんせい》に頼まれた。

「坂本君《さかもとくん》、あたし転校《てんこう》のこと、つい最近知《さいきんし》ったの。みんな知《し》ってたよ。いつ決《き》まったの？」

「二月《がつ》の終《お》わり頃かな？　うちのお母《かあ》さんが他《ほか》のお母《かあ》さんたちに言《い》ったから。」

「坂本君《さかもとくん》、この頃《ごろ》、前《まえ》みたいに気安《きやす》く話《はな》せなかったんだよ。」

百合子《ゆりこ》は最後《さいご》だと思《おも》い、今《いま》まで我慢《がまん》していたことを思《おも》いきって聞《き》いてみた。

「あたし、何《なに》か悪《わる》いことした？」

「あっ、違《ちが》う、そうじゃなくて。」

坂本君《さかもとくん》は、片付《かたづ》けの手《て》を止《と》めて、百合子《ゆりこ》の方《ほう》を見《み》た。

「佐藤《さとう》に謝《あやま》らなくちゃいけないことがある。なかなか言《い》えなくて。」

そして、百合子《ゆりこ》の目《め》を正面《しょうめん》からじっと見《み》ると、坂本君《さかもとくん》は頭《あたま》を深《ふか》く下《さ》げて、

「ごめんなさい！　ハムスター窓《まど》から捨《す》ててしまったのは、僕《ぼく》なんだ！　ハム

スターって知《し》らなくて。ネズミだと思《おも》って、びっくりして、慌《あわ》てちゃって、本《ほん》当《とう》にごめんなさい！」

「えっ？　まさか、そんな！」

「木村《きむら》さんが休《やす》んでたから、佐藤《さとう》が一人《ひとり》でお墓参《はかまい》りしてる時初《ときはじ》めてその話《はなし》聞《き》いて、びっくりして謝《あやま》りもしないで、帰《かえ》ってしまって。佐藤《さとう》たちがそんなに大事《だいじ》にしてたこと、初《はじ》めて知《し》って。」

坂本君《さかもとくん》は、しどろもどろに色々言《いろいろい》ったが、百合子《ゆりこ》は坂本君《さかもとくん》とハムちゃんが結《むす》び付《つ》かなくて、最後《さいご》の方《ほう》は何《なに》を言《い》ってるのかよく聞《き》き取《と》れなかった。

（ハムちゃん！　坂本君《さかもとくん》が！）

「悪気《わるぎ》はなかったんだ。びっくりして、掃除用《そうじよう》のちり取《と》りがあったから、何《なに》も考《かんが》えず窓《まど》から捨《す》てたんだ。こんな所《ところ》にネズミがいる！　って。」

「まさか隣《となり》のクラスで飼《か》ってたなんて。」

「みんなが大騒《おおさわ》ぎして、女子《じょし》が泣《な》いてるって、後《あと》から聞《き》いて、もう本当《ほんとう》のことが言《い》えなくなってしまったんだ。」

「でも、誰《だれ》かが見《み》てたらしく、窓《まど》から投《な》げ捨《す》てたって、そんな噂《うわさ》もしばらく広《ひろ》まって、ますます言《い》い出《だ》せなくなっちゃった。」

「佐藤《さとう》、すぐに自分《じぶん》がやったと言《い》えなくてごめんなさい。」

「坂本君《さかもとくん》。ハムちゃんは本当《ほんとう》に可哀想《かわいそう》だった。あたしと道子《みちこ》ちゃんが係《かかり》で毎日《まいにち》世話《せわ》して、可愛《かわい》がって、だからあたしたちの不注意《ふちゅうい》で死《し》なせてしまって、本当《ほんとう》に悲《かな》しくて後悔《こうかい》したんだよ。」

「でも道子《みちこ》ちゃんが月命日《つきめいにち》にお墓参《はかまい》りしようって言《い》ってくれたから、あたしちょっと救《すく》われた。でも、窓《まど》からネズミと間違《まちが》えて捨《す》てた男《おとこ》の子《こ》のことは、恨《うら》んでたんだ。」

「それが、坂本君《さかもとくん》なの？」

「ごめん!」

「もうハムちゃんはいくら謝《あやま》ってもらっても生《い》き返《かえ》らないし。仕方《しかた》ないけど、坂本君《さかもとくん》、ひどい!」

「えっ、まだあるの?」

「一月《がつ》のお墓参《はかまい》りの後《あと》、急《きゅう》にあたしを避《さ》けるようになったんだね? 理由《りゆう》がわからないから、なんで坂本君《さかもとくん》が冷《つめ》たいのか、急《きゅう》に変《か》わっちゃったのか、全然《ぜんぜん》わかんなくて、あたし悩《なや》んでたんだよ。」

「それもゴメン! 本当《ほんとう》のことを言《い》わなくちゃって思《おも》ったら、どう言《い》えばいいか困《こま》って、佐藤《さとう》の顔《かお》も見《み》られなかったんだ。」

「でも良《よ》かった! 引《ひ》っ越《こ》す前《まえ》に謝《あやま》れて。」

「まだ道子《みちこ》ちゃんに謝《あやま》ってないからね。」

百合子《ゆりこ》はちょっと怒《おこ》ったように言《い》ってみた。

「佐藤《さとう》、木村《きむら》の家《いえ》に一緒《いっしょ》に行《い》ってくれるか？」

「もう、仕方《しかた》ないな〜。いつ？　今日行《きょうい》く？」

「悪《わる》い。引《ひ》っ越《こ》しの準備《じゅんび》で今日《きょう》しか時間《じかん》がないんだ。帰《かえ》りに寄《よ》ってもいいかな？」

「その代《か》わり、大阪行《おおさかい》ったら、ちゃんと手紙《てがみ》ちょうだい。一ヶ月《かげつ》に一度《ど》ね？」

「あっ、はい。」

「それなら、約束《やくそく》ね！　指切《ゆびき》りする？」

「う、うん。」

坂本君《さかもとくん》は、右手《みぎて》の小指《こゆび》を出《だ》してくれたので、百合子《ゆりこ》も右手《みぎて》の小指《こゆび》を出《だ》して、『指切《ゆびき》りげんまん』と歌《うた》いながら、約束《やくそく》をした。

（坂本君《さかもとくん》がまさかハムちゃんを投《な》げ捨《す》てた犯人《はんにん》だと思《おも》わなかったけど、とりあえず転校《てんこう》しちゃう前《まえ》に仲直《なかなお》り？　できて良《よ》かった！）

「坂本君《さかもとくん》、あたし学級委員《がっきゅういいん》一緒《いっしょ》にできて、良《よ》かったよ。今日《きょう》の挨拶《あいさつ》も先生《せんせい》みたいにすらすら上手《じょうず》に言《い》えてたし、サッカー教《おし》えてもらったり、運動会《うんどうかい》の時《とき》には、みんなにお守《まも》り一緒《いっしょ》に作《つく》ったり、本当《ほんとう》にありがとう！」

「こちらこそ佐藤《さとう》には、いつも色々《いろいろ》やってもらって助《たす》かった。ありがとう！それからごめんね。」

「もう、いいよ。」

帰《かえ》り道《みち》、坂本君《さかもとくん》を道子《みちこ》ちゃんの家《いえ》に連《つ》れていった。道子《みちこ》ちゃんもとても驚《おどろ》いていたけれど、坂本君《さかもとくん》が小《ちい》さくなって謝《あやま》っていたので、優《やさ》しく『来《き》てくれてありがとう。本当《ほんとう》のこと言《い》ってくれたからもういいです。』と困《こま》ったように言《い》った。

外《そと》に出《で》ると、いつの間《ま》にかきれいなオレンジ色《いろ》の夕焼《ゆうや》けが広《ひろ》がっていた。ほおに当《あ》たる風《かぜ》はまだ冷《つめ》たいけど、もうすぐ春《はる》になる。四月《がつ》から坂本君《さかもとくん》はいない

けど、新《あたら》しいクラスでまたきっといい友達《ともだち》ができるだろう。坂本君《さかもとくん》も大阪《おおさか》の学《がっ》校《こう》ですぐにいっぱい友達《ともだち》ができて、人気者《にんきもの》になるだろう。ふと胸《むね》に『今日《きょう》の日《ひ》はさようなら』の歌詞《かし》が浮《う》かんだ。「いつまでも絶《た》えることなく、友達《ともだち》でいよう」このクラスにいる他《ほか》の友達《ともだち》も、ずっと近《ちか》くにいる訳《わけ》じゃなくて、いつかはみんなばらばらに離《はな》れていくんだ。いる場所《ばしょ》は、遠《とお》くても、心《こころ》の中《なか》にたくさんの思《おも》い出《で》があれば寂《さび》しくない。そして、また新《あたら》しく友達《ともだち》をいっぱい作《つく》ればいいんだ。

「坂本君《さかもとくん》、大阪《おおさか》行《い》っても、このクラスのこと忘《わす》れないでね！」

「うん、忘《わす》れないと思《おも》う。楽《たの》しかった！」

「元気《げんき》でね！」

そう言《い》った瞬間《しゅんかん》二年間《ねんかん》の思《おも》い出《で》がぐるぐる回《まわ》って、百合子《ゆりこ》は泣《な》きそうになった。

（明日《あした》で坂本君《さかもとくん》に会《あ》えなくなるんだなぁ。）そう考《かんが》えると、とってもさみしかった。隣《となり》で夕焼《ゆうや》けを見《み》ている坂本君《さかもとくん》の横顔《よこがお》もさみしそうに見《み》えた。

校長室《こうちょうしつ》

修了式《しゅうりょうしき》。四年生《ねんせい》の最後《さいご》の日《ひ》。通知表《つうちひょう》をもらうのもちょっと緊張《きんちょう》するが、これでこのクラスもばらばらになり、先生《せんせい》も友達《ともだち》も入《い》れ替《か》わってしまう。やっぱりとっても寂《さび》しい。四年生《ねんせい》は卒業式《そつぎょうしき》に出《で》られないので、修了式《しゅうりょうしき》が終《お》わったら、急《いそ》いで下校《げこう》しなくてはならない。あっという間《ま》にお別《わか》れの時《とき》になってしまった。

色々《いろいろ》あったけど、みんな結果的《けっかてき》には仲良《なかよ》くなり、行事《ぎょうじ》などは一生懸命頑張《いっしょうけんめいがんば》るクラスになった。隣《となり》のクラスの道子《みちこ》ちゃんのように、仲間外《なかまはず》れなどでツラい思《おも》いをする子《こ》もいなかった。一時期《じき》クラスの雰囲気《ふんいき》が悪《わる》くなった時《とき》もあったが、最後《さいご》はお別《わか》れ会《かい》で楽《たの》しく締《し》めくくれたと思《おも》う。それは、いつも井上先生《いのうえせんせい》があたしたちのことをちゃんと考《かんが》えて、このクラスをまとめようとしてくれていたからだと百合子《ゆりこ》は改《あらた》めて思《おも》った。渡辺《わたなべ》さんのことで、井上先生《いのうえせんせい》も元気《げんき》がなくなって、どうなることかと思《おも》ったけど、最後《さいご》は前《まえ》みたいな先生《せんせい》に戻《もど》って、本当《ほんとう》に良《よ》かった。坂本君《さかもとくん》とも一緒《いっしょ》に道子《みちこ》ちゃんの家《いえ》に行《い》って、ハムちゃんのことを説明《せつめい》して許《ゆる》してもらえたし、その後《あと》坂本君《さかもとくん》とハムちゃんのお墓参《はかまい》りもした。大阪《おおさか》に転校《てんこう》する坂本君《さかもとくん》とのわだかまりも消《き》え、もやもやがなくなってすっきりした。

もちろん離《はな》れてしまうのは、やっぱりさみしい。特《とく》に四年生《ねんせい》で学級委員《がっきゅういいん》になってから、坂本君《さかもとくん》と一緒《いっしょ》にクラスやみんなのために頑張《がんば》ったことが色々思《いろいろおも》い出《だ》される。うまくいかなかったこともあったけど、忘《わす》れられないクラスになった。

井上先生《いのうえせんせい》がちょっと改《あらた》まった雰囲気《ふんいき》で、みんなを見渡《みわた》した。

「みんなのお陰《かげ》でお別《わか》れ会《かい》も大成功《だいせいこう》だった。よく頑張《がんば》ったな。このクラスは先《せん》生《せい》にとって初《はじ》めて担任《たんにん》した大事《だいじ》なクラスだった。他《ほか》の四年生《ねんせい》のクラスに比《くら》べて、新《あたら》しいことを色々《いろいろ》やって、心配《しんぱい》や迷惑《めいわく》もかけてしまった。怖《こわ》い思《おも》いもさせてしまった。申《もう》し訳《わけ》ない。でも、みんなのことはこの二年間大切《ねんかんたいせつ》に思《おも》ってきました。何《なん》とか先生《せんせい》なりにいいクラスにしたいと思《おも》っていたんだ。うまくできないことばかりだったのに、ついてきてくれてありがとう。」

みんなしんとして、先生《せんせい》の言葉《ことば》を聞《き》いていた。

「これは、まだ言《い》ってはいけないことだけど、先生《せんせい》はこれで、学校《がっこう》の先生《せんせい》を辞《や》めて長野《ながの》の実家《じっか》に帰《かえ》ります。春休《はるやす》みが終《お》わって、四月《がつ》になってみんなを驚《おどろ》かせてはいけないと、そして何《なに》よりみんなにお別《わか》れをちゃんと言《い》いたくて、こんな話《はなし》をしています。」

（えっ、先生《せんせい》！　何《なに》を言《い》ってるの？）

「二年間《ねんかん》ありがとう！　みんな元気《げんき》で、立派《りっぱ》な五年生《ねんせい》になってください。」

（先生《せんせい》やだ！　先生《せんせい》辞《や》めないで！）

百合子《ゆりこ》はどうしていいか、わからなかった。混乱《こんらん》して、言葉《ことば》が出《で》なかった。

突然《とつぜん》の別《わか》れの挨拶《あいさつ》に泣《な》き出《だ》す子《こ》もいた。その時渡辺《ときわたなべ》さんが目《め》に涙《なみだ》をいっぱいためて、立《た》ち上《あ》がった。

「先生《せんせい》！　あたしのせいですか？　お母《かあ》さんが校長先生《こうちょうせんせい》に言《い》いに行《い》ったから！　それで辞《や》めるんですか？」

渡辺《わたなべ》さんは、こらえきれずに泣《な》きながら、先生《せんせい》に聞《き》いた。多分《たぶん》すごく勇気《ゆうき》が必要《ひつよう》だっただろう。みんなの前《まえ》で自分《じぶん》のせいかどうか聞《き》くなんて。井上先生《いのうえせんせい》は、優《やさ》しい表情《ひょうじょう》で渡辺《わたなべ》さんに言《い》った。

「そんなことはないから。渡辺《わたなべ》、本当《ほんとう》に大変《たいへん》な目《め》にあわせてしまって悪《わる》かった。でも渡辺《わたなべ》のせいで辞《や》めるんじゃないから、それは信《しん》じてくれ。」

坂本君《さかもとくん》が立《た》ち上《あ》がった。

「井上先生《いのうえせんせい》、先生《せんせい》を辞《や》めてどうするんですか？　長野《ながの》に帰《かえ》るって！」

「実家《じっか》の仕事《しごと》の手伝《てつだ》いをするんだ。色々《いろいろ》あって。」

「先生辞《せんせいや》めないで！」

誰《だれ》かが言《い》った。百合子《ゆりこ》も勇気《ゆうき》を出《だ》した。

「井上先生《いのうえせんせい》、長野《ながの》に帰《かえ》らないでください！　先生《せんせい》を辞《や》めないでください！　お願《ねが》いします！」

「みんなありがとう。急《きゅう》にこんな話《はなし》をして悪《わる》かったな。三月《がつ》の終《お》わりまでクラスの子《こ》どもたちには、言《い》ってはいけないことだから、みんな黙《だま》っててほしい。」

（そんなの無理《むり》だよ、先生《せんせい》。）

「さあ、これから六年生《ねんせい》の卒業式《そつぎょうしき》だから、みんなは帰《かえ》らないと。四年生最後《ねんせいさいご》の挨拶《あいさつ》をするよ。坂本《さかもと》も四月《がつ》からは大阪《おおさか》だな。頑張《がんば》れよ！　それでは、号令《ごうれい》をかけてください。」

坂本君《さかもとくん》は涙《なみだ》を必死《ひっし》にこらえていたようだ。声《こえ》が震《ふる》えていた。でも大《おお》きなはっきりした声《こえ》で「起立《きりつ》」と号令《ごうれい》をかけた。みんないっせいに立《た》った。

「井上先生《いのうえせんせい》、二年間《ねんかん》ありがとうございました。」

坂本君《さかもとくん》は、強《つよ》い声《こえ》でそう言《い》った。

「ありがとうございました！」

みんなも坂本君《さかもとくん》の真似《まね》をして、自分《じぶん》が出《だ》せる精一杯《せいいっぱい》の声《こえ》で先生《せんせい》にお礼《れい》を言《い》った。井上先生《いのうえせんせい》の目《め》にも涙《なみだ》が光《ひか》っていた。

卒業式《そつぎょうしき》が終《お》わるまで、百合子《ゆりこ》は家《いえ》に帰《かえ》りたくなかった。このままもやもやした気持《きも》ちで井上先生《いのうえせんせい》とお別《わか》れしたくなかった。頼《たよ》りになる坂本君《さかもとくん》は引《ひ》っ越《こ》しの片付《かたづ》けがあるようで、今日《きょう》は急《いそ》いで帰《かえ》っていた。やっぱり井上先生《いのうえせんせい》ともうこれで会《あ》えないなんて、信《しん》じられない。担任《たんにん》の先生《せんせい》になる確率《かくりつ》は低《ひく》くても、先生《せんせい》がこの学校《がっこう》にいてくれれば安心《あんしん》だ。また相談《そうだん》することが起《お》こるかもしれない。坂《さか》本君《もとくん》もいなくなっちゃうし、その上先生《うえせんせい》までいなくなるなんて、あり得《え》ないよ。半泣《はんな》きしながらうろうろしていると、鈴木君《すずきくん》も薫《かおる》ちゃんも真美子《まみこ》ちゃんも昭子《あきこ》ちゃんも、おんなじ気持《きも》ちで、足《あし》が家《いえ》に向《む》かなかったらしい。校舎内《こうしゃない》は下《げ》校指導《こうしどう》の先生《せんせい》たちが式《しき》に参列《さんれつ》しない生徒《せいと》たちを、どんどん帰《かえ》していたので、みんな自然《しぜん》と校舎《こうしゃ》の裏《うら》に行《い》った。そう言《い》えば缶《かん》けりの時《とき》に坂本君《さかもとくん》と隠《かく》れた倉庫《そうこ》があった。きっと鍵《かぎ》はかかっていないだろう。卒業式《そつぎょうしき》が終《お》わるまで、みんなでそこに隠《かく》れていればいい。ふと見《み》ると、倉庫《そうこ》の陰《かげ》に渡辺《わたなべ》さんがぽつんと立《た》っていた。

「渡辺《わたなべ》さん、どうしたの？」

百合子《ゆりこ》は駆《か》け寄《よ》った。

「校長先生《こうちょうせんせい》に井上先生《いのうえせんせい》のことを聞《き》こうと思《おも》って……。」

「えっ？　一人《ひとり》で？」

「あたしのせいで、井上先生職員室《いのうえせんせいしょくいんしつ》でも肩身《かたみ》の狭《せま》い思《おも》いをしてたと思《おも》う。お母《かあ》さんが余計《よけい》なことをしたから。」

「あの時《とき》ぼーっとして、雪《ゆき》が降《ふ》るかなぁなんて、両手離《りょうてはな》しちゃったの。ドジなあたしが悪《わる》いのに。落《お》ちるなんてカッコ悪《わる》いよね？」

「でも、渡辺《わたなべ》さんのせいじゃないって、先生《せんせい》が言《い》ってたじゃない？」

「そんなのあたしをかばってるに決《き》まってる。校長先生《こうちょうせんせい》に辞《や》めさせないでください！　って言《い》ってみる。」

渡辺《わたなべ》さんの決意《けつい》はとても固《かた》く、一人《ひとり》でも校長室《こうちょうしつ》に行《い》くつもりだ。今《いま》まで渡辺《わたなべ》さんに抱《いだ》いていたイメージがガラッと変《か》わった。優等生《ゆうとうせい》で冷静《れいせい》で大人《おとな》っぽい、静《しず》かな女《おんな》の子《こ》だと思《おも》っていたが、今目《いまめ》の前《まえ》にいるのは、勇気《ゆうき》があり自分《じぶん》をしっかりもっている、気《き》の強《つよ》い女《おんな》の子《こ》だ。

「とりあえず倉庫《そうこ》に入《はい》ろうぜ。」

鈴木君《すずきくん》の一言《ひとこと》で、みんな倉庫《そうこ》に入《はい》り、座《すわ》れそうな所《ところ》に腰《こし》を下《お》ろした。

「腹減《はらへ》ったな！」

鈴木君《すずきくん》が呟《つぶや》いた。

「確《たし》かにお昼食《ひるた》べてないからね～」

真美子《まみこ》ちゃんが苦笑《くしょう》した。

「お昼前《ひるまえ》に卒業式《そつぎょうしき》は終《お》わるはず。お兄《にい》ちゃんが六年生《ねんせい》だから、うちの親《おや》も卒業《そつぎょう》式行《しきい》って、他《ほか》のお母《かあ》さんたちとお昼食《ひるた》べるって電話《でんわ》で言《い》ってたから。」

百合子《ゆりこ》は説明《せつめい》した。みんな顔《かお》を見合《みあ》わせ、後少《あとすこ》しの我慢《がまん》だなと頷《うなず》き合《あ》った。

「オレたちも校長室《こうちょうしつ》に行《い》った方《ほう》がいいかな？」

唯一《ゆいいつ》の男子《だんし》で意外《いがい》に頼《たの》もしい鈴木君《すずきくん》がぼそっと言《い》った。

「校長室《こうちょうしつ》かぁ〜！」

薫《かおる》ちゃんがため息《いき》をついた。

「後《あと》で親《おや》にバレて、怒《おこ》られそう。」

「でも、みんな井上先生《いのうえせんせい》に辞《や》めてほしくないでしょう？」

百合子《ゆりこ》はみんなに聞《き》いた。

「もし校長先生《こうちょうせんせい》に言《い》われて辞《や》めるなら、まず校長先生《こうちょうせんせい》にあたしたちの気持《きも》ちを言《い》わないとダメじゃないかな？」

「そうだね！　さすがゆりちゃん！」

昭子《あきこ》ちゃんが頷《うなず》きながら言《い》った。

「校長室《こうちょうしつ》って入《はい》ったことある？」

真美子《まみこ》ちゃんが恐《おそ》る恐《おそ》る聞《き》いた。

「ないよ。」

みんな顔《かお》を見合《みあわ》せた。

「大丈夫《だいじょうぶ》かなぁ？　子《こ》どもたちだけで行《い》って……。」

心配《しんぱい》そうな薫《かおる》ちゃん。

「私《わたし》お母《かあ》さんと入《はい》ったよ。休《やす》んでて、久《ひさ》しぶりに学校《がっこう》に来《き》た日《ひ》。校長先生《こうちょうせんせい》とっても優《やさ》しくて、心配《しんぱい》してくれた。だから、きっと大丈夫《だいじょうぶ》だと思《おも》う。あたしたちの話《はなし》もちゃんと聞《き》いてくれると思《おも》うよ。」

「普段《ふだん》もあの校長先生《こうちょうせんせい》、大《おお》きな声《こえ》で挨拶《あいさつ》してくれるよな？　怖《こわ》くはないな！」

鈴木君《すずきくん》がみんなを勇気《ゆうき》づけるように言《い》った。

「あたし、思《おも》うけど。井上先生《いのうえせんせい》いい先生《せんせい》だと思《おも》う。だから、やめてほしくないし、そう校長先生《こうちょうせんせい》に言《い》いたい！」

百合子《ゆりこ》はきっぱりと言《い》った。みんな大《おお》きく頷《うなず》いた。

その時外《ときそと》ががやがやと賑《にぎ》やかになった。どうやら卒業式《そつぎょうしき》が無事《ぶじ》に終《お》わり、お母《かあ》さんやお父《とう》さんたちが見送《みおく》りのために、校庭《こうてい》に向《む》かおうとしているらしい。五年生《ねんせい》たちもこれから花道《はなみち》を作《つく》り、卒業生《そつぎょうせい》を送《おく》り出《だ》すのだ。来年《らいねん》は百合子《ゆりこ》たちも今《いま》の五年生《ねんせい》を送《おく》り出《だ》す側《がわ》になる。いい卒業式《そつぎょうしき》だったかな？　と兄《あに》の顔《かお》を思《おも》い浮《う》かべて、百合子《ゆりこ》は耳《みみ》を澄《す》まして外《そと》の様子《ようす》を伺《うかが》った。

「全部《ぜんぶ》終《お》わるまでには、まだ時間《じかん》がかかるね？」

真美子《まみこ》ちゃんが心配《しんぱい》そうに聞《き》いた。

「でも、一時頃《じごろ》までには、終《お》わるでしょ！」

お腹《なか》をぐぅと鳴《な》らしながら、鈴木君《すずきくん》が言《い》った。百合子《ゆりこ》と渡辺《わたなべ》さんはくすっと笑《わら》った。

「暇《ひま》だから、しりとりでもしようか？　ていうか、何《なに》かしてないと、食《た》べ物《もの》のことばかり考《かんが》えちゃうし。あー！　腹減《はらへ》ったな！」

「じゃあ、食《た》べ物《もの》しりとり！」

薫《かおる》ちゃんが笑《わら》いながら提案《ていあん》したので、みんな乗《の》った。

「カレーライス！」

「すき焼《や》き！」

「ちょっと、ちょっと待《ま》ってよ！　お腹空《なかす》き過《す》ぎて、それ、キツイわ～！」

本当《ほんとう》にツラそうな鈴木君《すずきくん》を見《み》て、百合子《ゆりこ》たちは大笑《おおわら》いした。


校長先生《こうちょうせんせい》は、式《しき》に相応《ふさわ》しい結婚式《けっこんしき》で着《き》るようなスーツを着《き》ていた。百合子《ゆりこ》たちは、校長室《こうちょうしつ》の大《おお》きなソファーに並《なら》んで座《すわ》っていた。渡辺《わたなべ》さんがまず最初《さいしょ》に校長先生《こうちょうせんせい》に質問《しつもん》した。

「私《わたし》は四年《ねん》三組《くみ》の渡辺久美子《わたなべくみこ》です。一月《がつ》に登《のぼ》り棒《ぼう》から落《お》ちて、ここにも母《はは》と来《き》ました。」

「そうでしたね、覚《おぼ》えていますよ。渡辺《わたなべ》さん、その後元気《ごげんき》になりましたか？」

「はい、大丈夫《だいじょうぶ》です！　あの、井上先生《いのうえせんせい》のことで今日《きょう》は来《き》ました。」

「井上先生《いのうえせんせい》？　どんなことですか？」

「井上先生《いのうえせんせい》が学校《がっこう》を辞《や》めるのは、多分私《たぶんわたし》のことがあったからだと思《おも》うんです。

校長先生《こうちょうせんせい》、井上先生《いのうえせんせい》に辞《や》めないように言《い》ってください。」

百合子《ゆりこ》もお願《ねが》いした。

「あたしは、佐藤百合子《さとうゆりこ》です。学級委員《がっきゅういいん》をやっていました。井上先生《いのうえせんせい》は本当《ほんとう》にいい先生《せんせい》なんです。校長先生《こうちょうせんせい》、井上先生《いのうえせんせい》を辞《や》めさせないでください！」

「お願《ねが》いします！」

みんなで一生懸命頭《いっしょうけんめいあたま》を下げた。

校長先生《こうちょうせんせい》は、ちょっとびっくりした顔《かお》をしていたが、しばらく考《かんが》えてから、静《しず》かにゆっくり話《はな》し出《だ》した。

「みんなは、井上先生《いのうえせんせい》のことが大好《だいす》きなんですね。私《わたし》も同《おな》じですよ。熱心《ねっしん》で生《せい》徒思《とおも》いの、とても良《よ》い先生《せんせい》だ。がんばり屋《や》さんでもある。二年間《ねんかん》この学校《がっこう》にいたから、他《ほか》の先生《せんせい》方もみんなよくわかっています。」

意外《いがい》な言葉《ことば》だった。校長先生《こうちょうせんせい》も井上先生《いのうえせんせい》が好き？　そうなんだ、と百合子《ゆりこ》はびっくりした。

「渡辺《わたなべ》さんの事故《じこ》は、私《わたし》も他《ほか》の先生《せんせい》方も、とてもびっくりした。親御《おやご》さんはもっと驚《おどろ》いて、心《こころ》を痛《いた》めたことでしょう。大怪我《おおけが》でもしていたら、と思《おも》うとぞっとします。幸《さいわ》い怪我《けが》も軽《かる》くて、本当《ほんとう》にホッとしました。井上先生《いのうえせんせい》は一番心配《ばんしんぱい》していたことでしょう。」

校長先生《こうちょうせんせい》は、みんなの顔《かお》を優《やさ》しく見回《みまわ》して続《つづ》けた。

「もし何《なに》かあれば、責任《せきにん》を取《と》らなければいけないのは、この私《わたし》です。井上先生《いのうえせんせい》を辞《や》めさせるなんて、できる訳《わけ》がない。未来《みらい》ある優秀《ゆうしゅう》な若《わか》い先生《せんせい》には、失敗《しっぱい》しても、さらに頑張《がんば》って伸《の》びていってほしいと、私《わたし》は心《こころ》から思《おも》っています。」

校長先生《こうちょうせんせい》は、本心《ほんしん》を言《い》っているのだと百合子《ゆりこ》は思《おも》った。校長先生《こうちょうせんせい》の真心《まごころ》みたいな優《やさ》しさがじんわりと伝《つた》わってきたからだ。

「私《わたし》もここだけの話《はなし》だが、ずいぶん井上先生《いのうえせんせい》を説得《せっとく》したんです。しかし、ご実家《じっか》のお父様《とうさま》が具合《ぐあい》が悪《わる》くなられて、井上先生《いのうえせんせい》が帰《かえ》られてお仕事《しごと》を手伝《てつだ》うそうです。多分《たぶん》そこまでは、クラスのみんなには伝《つた》えなかったでしょう。」

「そうなんですか？　それが先生《せんせい》を辞《や》める理由《りゆう》なんですか？」

鈴木君《すずきくん》が念《ねん》を押《お》した。

「みんな自分《じぶん》たちのせいだとか、校長先生《こうちょうせんせい》に辞《や》めさせられたとか、色々心配《いろいろしんぱい》したんですね？」

「ただ、決《き》まりで三月《がつ》の終《お》わりまで、教員《きょういん》の異動《いどう》、つまり学校《がっこう》が変《か》わるとかは言《い》ってはいけないことになっている。それを校長先生《こうちょうせんせい》がクラスの子《こ》どもたちに言《い》ったとなると、問題《もんだい》になるかなぁ？」

校長先生《こうちょうせんせい》は、ちょっとニヤリとしながら言《い》った。

「私《わたし》たち言《い》いません。本当《ほんとう》のことを教《おし》えてくれてありがとうございました。」

「じゃあ、あと一週間《いっしゅうかん》くらいは黙《だま》っていてくれないかな。その代《か》わりみんな、お昼《ひる》食《た》べてないんじゃないか？　校長先生《こうちょうせんせい》がラーメンをごちそうしてあげよう！」

「えっ？　ラーメンですか！」

鈴木君《すずきくん》が満面《まんめん》の笑《え》みを浮かべて、嬉《うれ》しそうに聞《き》いた。

「いいんですか？」

「みんな家《いえ》に連絡《れんらく》しなさい。卒業式《そつぎょうしき》の手伝《てつだ》いをして、遅《おそ》くなったと言《い》うのがいいでしょう。お昼《ひる》は学校《がっこう》で食《た》べて帰《かえ》るというのも伝《つた》えるんですよ。」

みんな校長室《こうちょうしつ》の電話《でんわ》を借《か》りて、家《いえ》に連絡《れんらく》をした。

百合子《ゆりこ》はその日《ひ》、校長室《こうちょうしつ》にみんなで行《い》ったこと、井上先生《いのうえせんせい》のこと、校長先生《こうちょうせんせい》がラーメンをごちそうしてくれたことなどを正直《しょうじき》に家《いえ》で話《はな》した。色々《いろいろ》なことが起《お》こった一日《にち》で、一人《ひとり》では抱《かか》えきれなかったからである。お父《とう》さんもお母《かあ》さんも、百合子《ゆりこ》の行動《こうどう》を責《せ》めたりはせず、黙《だま》って話《はなし》を聞《き》いてくれたし、井上先生《いのうえせんせい》のことはとても残念《ざんねん》がってくれた。

夕食《ゆうしょく》は、兄《あに》の卒業《そつぎょう》をお祝《いわ》いして、ちらし寿司《ずし》と唐揚《からあ》げ、エビフライなどが、テーブルに並《なら》んだ。後一週間《あといっしゅうかん》で、博樹《ひろき》は中学生《ちゅうがくせい》、百合子《ゆりこ》も高学年《こうがくねん》の五年生《ねんせい》になる。お父《とう》さんもお母《かあ》さんも嬉《うれ》しそうだった。百合子《ゆりこ》はお母《かあ》さんの美味《おい》しい手《て》料理《りょうり》を食《た》べながらも、井上先生《いのうえせんせい》や坂本君《さかもとくん》が急《きゅう》に遠《とお》くに行《い》ってしまうのが、寂《さび》しくて胸《むね》にぽっかり穴《あな》が開《あ》いたように感《かん》じていた。

春《はる》のお別《わか》れ

翌日《よくじつ》からは春休《はるやす》みだったが、進級《しんきゅう》するこの休《やす》みには宿題《しゅくだい》もなく、クラス替《が》えもあるので何《なん》となくふわふわした気持《きも》ちで過《す》ごしていた。夕方薫《ゆうがたかおる》ちゃんから電《でん》話《わ》があった。

「ゆりちゃん、知《し》ってる？　坂本君《さかもとくん》、今日大阪《きょうおおさか》に発《た》つんだって！　お母《かあ》さんが坂本君《さかもとくん》のお母《かあ》さんから最後《さいご》の挨拶《あいさつ》の電話《でんわ》もらってた。」

「そうなんだ！」

「昨日井上先生《きのういのうえせんせい》のことでちゃんと坂本君《さかもとくん》にさよならって言《い》えなかったよね？　ゆりちゃんは言《い》った？」

「ちゃんとじゃないけど。坂本君昨日《さかもとくんきのう》は急《いそ》いでたし。」

「時間《じかん》ある？　坂本君《さかもとくん》の家《いえ》まで行《い》ってみる？」

「まだ家《いえ》にいるのかな？」

「わかんないけど、もう会《あ》えないかもしれないでしょう？」

「そうだね、行《い》ってみようか？」

百合子《ゆりこ》は電話《でんわ》を切《き》ると、急《いそ》いでジャンパーを羽織《はお》り、自転車《じてんしゃ》で薫《かおる》ちゃんとの待《ま》ち合《あ》わせ場所《ばしょ》まで走《はし》った。ちょっとドキドキしていた。

（坂本君《さかもとくん》ともう一度《ど》会《あ》えるんだ！）

二人《ふたり》で後片付《あとかたづ》けした日《ひ》に別《わか》れの挨拶《あいさつ》はできたけど、大阪《おおさか》に発《た》つのを見送《みおく》ってさよならできるのは、なんか特別《とくべつ》な気《き》がした。薫《かおる》ちゃんと待《ま》ち合《あ》わせしたのは、学校近《がっこうちか》くの公園《こうえん》だ。坂本君《さかもとくん》の家《いえ》は百合子《ゆりこ》の家《いえ》からは学校《がっこう》を挟《はさ》んで反対側《はんたいがわ》で、歩《ある》くと三十分以上《ぷんいじょう》はかかるだろう。薫《かおる》ちゃんの家《いえ》も坂本君側《さかもとくんがわ》だ。

公園《こうえん》に着《つ》くと薫《かおる》ちゃんは、すでに来《き》ていた。

「ゆりちゃん！」

薫《かおる》ちゃんは、春《はる》らしい水色《みずいろ》のジャンパーを着《き》ていて、可愛《かわい》かった。

「誘《さそ》ってくれて、ありがとう！」

「夕方《ゆうがた》に家《いえ》を出《で》るって、坂本君《さかもとくん》のお母《かあ》さんが言《い》ってたらしい。」

「間《ま》に合《あ》うかな？」

生暖《なまあたた》かい風《かぜ》を受《う》けながら、百合子《ゆりこ》たちは自転車《じてんしゃ》をこいだ。百合子《ゆりこ》は坂本君《さかもとくん》の家《いえ》を知《し》らなかったので、薫《かおる》ちゃんの後《あと》をついていった。今日《きょう》は気温《きおん》が高《たか》めで少《すこ》しスピードを上《あ》げると、汗《あせ》ばむくらいだ。あっという間《ま》に坂本君《さかもとくん》の家《いえ》に着《つ》いた。

坂本君《さかもとくん》はいなかった。もう家族《かぞく》で大阪《おおさか》に発《た》ってしまっていた。ちょっと期待《きたい》していただけに、百合子《ゆりこ》はかなりへこんだ。薫《かおる》ちゃんもため息《いき》をついて、

「せっかく見送《みおく》りに来《き》たのにね！　もう少《すこ》し早《はや》くゆりちゃんに電話《でんわ》すれば良《よ》かった。」

「うん……。」

家族《かぞく》が引《ひ》っ越《こ》した後《あと》の家《いえ》は、なんとなく寂《さび》しげでがらーんとしているように見《み》えた。ちょっとショックが大《おお》きすぎて、薫《かおる》ちゃんに気《き》を遣《つか》えなかった。

（あーあ、最後《さいご》にさよならって言《い》えると思《おも》ったのに！）

坂本君《さかもとくん》の家《いえ》は二階《かい》建《だ》ての、割《わり》と新《あたら》しい家《いえ》だった。坂本君《さかもとくん》の部屋《へや》はどれだろう。百合子《ゆりこ》は二階《かい》を見上《みあ》げて西側《にしがわ》の部屋《へや》の窓《まど》を見《み》つめていた。（あの部屋《へや》かなぁ？）

「ゆりちゃん、間《ま》に合《あ》わなくてごめんね。大丈夫《だいじょうぶ》？　ぼーっとしてるよ。」

「うん？　大丈夫《だいじょうぶ》だよ。薫《かおる》ちゃん誘《さそ》ってくれてありがとう！　見送《みおく》りはできなかったけど、坂本君《さかもとくん》手紙《てがみ》をくれることになってるから、今日《きょう》のこと返事《へんじ》に書《か》くよ。」

「この家《いえ》は人《ひと》に貸《か》すらしいよ。それで、いつか帰《かえ》ってくるかもしれないって。」

「そうなんだ。薫《かおる》ちゃんのお母《かあ》さん、坂本君《さかもとくん》のお母《かあ》さんと仲良《なかよ》しなんだね？」

「家《いえ》が近《ちか》いから、幼稚園《ようちえん》も一緒《いっしょ》だったし。」

薫《かおる》ちゃんは、遠《とお》くをみつめるように言《い》った。

「坂本君《さかもとくん》もう新幹線《しんかんせん》に乗《の》ったかな？」

二人《ふたり》で自転車《じてんしゃ》を押《お》してしばらく並《なら》んで歩《ある》いていると、空《そら》はだんだん夕焼《ゆうや》けに染《そ》まっていった。オレンジ色《いろ》と水色《みずいろ》とグレーの雲《くも》と、言葉《ことば》ではうまく言《い》えないくらい不思議《ふしぎ》な、それでいて心《こころ》を奪《うば》われるような美《うつく》しい空《そら》。季節《きせつ》は冬《ふゆ》が終《お》わって春《はる》になった。風《かぜ》も暖《あたた》かく、路《みち》に咲《さ》く花《はな》も色《いろ》とりどりだ。薫《かおる》ちゃんの家《いえ》の前《まえ》で、さよならをした。百合子《ゆりこ》は一人《ひとり》になって、急《きゅう》にさみしさが込《こ》み上《あ》げてきた。

坂本君《さかもとくん》もきっと電車《でんしゃ》に揺《ゆ》られながら、この夕焼《ゆうや》けを見《み》ているだろう。遠《とお》くに行《い》ってもいつかまたこの街《まち》に帰《かえ》ってきて、会《あ》える日《ひ》が来《く》るかもしれない。坂本《さかもと》君《くん》と一緒《いっしょ》に学級委員《がっきゅういいん》をやり、放課後《ほうかご》いろんなお喋《しゃべ》りをしながらお守《まも》りを作《つく》ったり、行事《ぎょうじ》の準備《じゅんび》や片付《かたづ》けをしたことは、ずっと忘《わす》れないだろう。本当《ほんとう》に気《き》が合《あ》う男《おとこ》の子《こ》だった。ハムちゃんのことも偶然過《ぐうぜんす》ぎて、不思議《ふしぎ》なつながりを感《かん》じた。

学校近《がっこうちか》くまで来《く》ると、井上先生《いのうえせんせい》の顔《かお》が浮《う》かんだ。いつも元気《げんき》で明《あか》るくて、冗《じょう》談《だん》を言《い》ったりしながら進《すす》めてくれた授業《じゅぎょう》。バスケットのシュートをかっこよく決《き》める姿《すがた》。いろんな井上先生《いのうえせんせい》の姿《すがた》が次々思《つぎつぎおも》い出《だ》される。一・二年生《ねんせい》の時《とき》の中田《なかた》先生《せんせい》も優《やさ》しくて、とても良《よ》い先生《せんせい》だったけど、井上先生《いのうえせんせい》との二年間《ねんかん》は、それ以《い》上《じょう》に楽《たの》しくて、活気《かっき》があって、充実《じゅうじつ》した二年間《ねんかん》だった。井上先生《いのうえせんせい》はいつでも、クラスの子《こ》どもたちを思《おも》って、いろんなことを経験《けいけん》させてくれた。百合子《ゆりこ》は今《いま》のクラスがまとまったのも、このクラスが大好《だいす》きと思《おも》えるのも、井上先生《いのうえせんせい》が頑《がん》張《ば》ってくれたからだと思《おも》った。

坂本君《さかもとくん》とは、いつか再会《さいかい》できるかもしれないけれど、長野《ながの》に帰《かえ》る井上先生《いのうえせんせい》にはもう会《あ》えないいんだと思《おも》ったら、急《きゅう》に悲《かな》しくなって、涙《なみだ》が出《で》そうだった。大好《だいす》きな人《ひと》との別《わか》れは胸《むね》が締《し》め付《つ》けられるように苦《くる》しくて、切《せつ》ない。

薄暗《うすぐら》くなった道《みち》を一人《ひとり》で自転車《じてんしゃ》をこいで、家路《いえじ》へ急《いそ》いだ。ふと歩《ある》いている男《おとこ》の人《ひと》にぶつかりそうになって、急《きゅう》ブレーキをかけた。

「すみません！」

「あっ、井上先生《いのうえせんせい》！」

「佐藤《さとう》か？　大丈夫《だいじょうぶ》か？」

「井上先生《いのうえせんせい》、長野《ながの》に帰《かえ》ったんじゃ？」

「今日《きょう》は片付《かたづ》けで学校《がっこう》にいたんだ。明日長野《あしたながの》に帰《かえ》るんだ。佐藤《さとう》は？」

「薫《かおる》ちゃんと会《あ》ってて。今帰《いまかえ》るところです。」

「そうか。暗《くら》くなったから、気《き》をつけて帰《かえ》るんだよ。」

「はい、井上先生《いのうえせんせい》！　色々《いろいろ》ありがとうございました！　楽《たの》しかったです。長野《ながの》に行《い》ってもあたしたちのことを覚《おぼ》えててください。」

ちょうど井上先生《いのうえせんせい》を思《おも》っていた百合子《ゆりこ》は、後悔《こうかい》しないように今《いま》の自分《じぶん》の気持《きも》ちや感謝《かんしゃ》を伝《つた》えた。すごい偶然《ぐうぜん》！　もう会《あ》えないと思《おも》っていた先生《せんせい》にばったり会《あ》えるなんて！

「佐藤《さとう》も学級委員《がっきゅういいん》、本当《ほんとう》によくやってくれた。四月《がつ》からも頑張《がんば》るんだぞ！」

「先生《せんせい》、元気《げんき》でいてください。」

「みんなにもよろしく言《い》ってくれ。」

「はい！　さようなら！」

「あっ、佐藤《さとう》！　これ長野《ながの》に持《も》っていくから。」

井上先生《いのうえせんせい》は、運動会《うんどうかい》の時《とき》に坂本君《さかもとくん》と作《つく》ったお守《まも》りを、胸《むね》のポケットから取《と》り出《だ》した。

「先生《せんせい》、それ！」

百合子《ゆりこ》は胸《むね》がいっぱいになって、涙《なみだ》が出《で》てきた。

「先生《せんせい》、ありがとう！　すごく嬉《うれ》しいです。」

百合子《ゆりこ》は先生《せんせい》に頭《あたま》を下げると、元気《げんき》に自転車《じてんしゃ》をこぎ出《だ》した。先《さき》ほどとは違《ちが》い、温《あたた》かい気持《きも》ちが胸《むね》に広《ひろ》がり、ペダルを踏《ふ》む足《あし》にも力《ちから》が入《はい》る。井上先生《いのうえせんせい》にちゃんとお別《わか》れが言《い》えた！　良《よ》かった！　しかも先生《せんせい》、あのお守《まも》りを大事《だいじ》に持《も》っててくれた！　その先生《せんせい》の真心《まごころ》みたいなものを感《かん》じて、百合子《ゆりこ》は涙《なみだ》が止《と》まらなかった。

家《いえ》に着《つ》いたら、いつの間《ま》にか空《そら》は真《ま》っ暗《くら》になりきれいな月《つき》が出《で》ていた。星《ほし》も光《ひか》っている。先《さき》ほどの美《うつく》しい夕焼《ゆうや》けは、夜空《よぞら》に変《か》わってしまったが、明日《あした》になればまたお日《ひ》さまが出《で》て、青空《あおぞら》が広《ひろ》がるだろう。坂本君《さかもとくん》もきっと大阪《おおさか》で頑張《がんば》るだろうし、井上先生《いのうえせんせい》にもいつかまた再会《さいかい》できるかもしれない。あたしも頑張《がんば》りたい。四月《がつ》から五年生《ねんせい》！　友達《ともだち》も新《あたら》しく作《つく》ろう！

何《なん》でも勇気《ゆうき》を出《だ》してやってみよう！

百合子《ゆりこ》の心《こころ》の中《なか》は新《あたら》しい気持《きも》ちに満《み》ちていた。

〈終《お》わり〉

あとがき

絵本《えほん》『東村山《ひがしむらやま》カルガモ物語《ものがたり》』を出版《しゅっぱん》してすぐに、元気《げんき》な女《おんな》の子《こ》を主人公《しゅじんこう》にした物語《ものがたり》を書《か》きたい！　と思《おも》い始《はじ》め、自分自身《じぶんじしん》の少女時代《しょうじょじだい》を振《ふ》り返《かえ》るようになりました。前年母親《ぜんねんははおや》を亡《な》くしていたこともあり、鮮《あざ》やかに様々《さまざま》な幼《おさな》い日《ひ》の映像《えいぞう》が甦《よみが》りました。私自身《わたしじしん》、娘二人《むすめふたり》の子育《こそだ》てをする中《なか》で体験《たいけん》したことや、今《いま》まで出《で》会《あ》ったエネルギッシュで明《あか》るい中学生《ちゅうがくせい》も何人《なんにん》か思《おも》い出《だ》し、百合子《ゆりこ》という女《おんな》の子《こ》が自然《しぜん》に歩《ある》き出《だ》しました。

百合子《ゆりこ》がどんな人《ひと》たちと出会《であ》い、どんな経験《けいけん》を積《つ》んで、少女《しょうじょ》から大人《おとな》の女性《じょせい》に成長《せいちょう》するのか、考《かんが》えるだけでワクワクします。もう一度子育《どこそだ》てをしているような錯覚《さっかく》さえ覚《おぼ》えます。舞台《ぶたい》も昭和《しょうわ》の時代《じだい》を背景《はいけい》に、家族《かぞく》のつながりや、現代《げんだい》より多分濃密《たぶんのうみつ》な友達関係《ともだちかんけい》や周囲《しゅうい》の人《ひと》たちとの交流《こうりゅう》など、今《いま》とは違《ちが》う子《こ》どもたちを取《と》り巻《ま》く環境《かんきょう》の中《なか》で、健気《けなげ》に頑張《がんば》る個性豊《こせいゆた》かな子《こ》どもたちの姿《すがた》が、次々浮《つぎつぎう》かびました。大事《だいじ》な心《こころ》の部分《ぶぶん》では、今《いま》も昔《むかし》も子《こ》どもたちに違《ちが》いはないのではないでしょうか。

今回《こんかい》は小学校《しょうがっこう》四年生《ねんせい》までの百合子《ゆりこ》を書《か》きました。ちなみに私《わたし》の母《はは》は、お喋《しゃべ》りで面倒見《めんどうみ》の良《よ》い、てきぱきした母親《ははおや》でしたが、百合子《ゆりこ》のお母《かあ》さんは、敢《あ》えて身体《からだ》が弱《よわ》く、大人《おとな》しいが、芯《しん》の強《つよ》い母親《ははおや》に設定《せってい》しました。そんな二人《ふたり》の共通点《きょうつうてん》は、子《こ》ども思《おも》いで洋服《ようふく》など何《なん》でも手作《てづく》りする母親《ははおや》という点《てん》です。百合子《ゆりこ》を通《とお》して亡《な》くなった母親《ははおや》に感謝《かんしゃ》の念《ねん》を伝《つた》えることもできたような気《き》がします。

さて、残《のこ》り二年間《ねんかん》の小学校時代《しょうがっこうじだい》の百合子《ゆりこ》も歩《ある》き出《だ》してくれるでしょうか。とても楽《たの》しみです。

崎上《さきがみ》　玲子《れいこ》

著者プロフィール　**崎上 玲子**（さきがみ れいこ）

東京都出身。
30年以上東京都の公立中学校、国語科の教員として勤務する。
現在は非常勤教員。
12年前より東村山市民となる。
数年前より生徒たちに向けた作詞を手掛け、合唱曲として提供する。
著書『東村山　カルガモ物語』（郁朋社）

夕焼《ゆうや》けの百合子《ゆりこ》

2020年12月10日　第1刷発行

文　── 崎上《さきがみ》 玲子《れいこ》
絵　── 根本《ねもと》 比奈子《ひなこ》
発行者 ── 佐藤 聡
発行所 ── 株式会社 郁朋社《いくほうしゃ》
〒101-0061　東京都千代田区神田三崎町2-20-4
電　話　03（3234）8923（代表）
FAX　03（3234）3948
振　替　00160-5-100328
印刷・製本 ── 日本ハイコム株式会社
装　丁 ── 宮田 麻希

郁朋社ホームページアドレス　http://www.ikuhousha.com
この本に関するご意見・ご感想をメールでお寄せいただく際は、
comment@ikuhousha.com までお願い致します。

 ISBN978-4-87302-727-2 C8093
日本音楽著作権協会（出）許諾第2008273-001号